国际大奖小说·成长版
匈牙利国家遗产奖

帕尔街少年

[匈牙利]莫尔纳·费伦茨 / 著
[匈牙利]莱克·卡洛里 / 绘
余泽民 / 译

天津出版传媒集团
新蕾出版社

图书在版编目(CIP)数据

帕尔街少年 / (匈) 莫尔纳·费伦茨著；(匈) 莱克·卡洛里绘；余泽民译. -- 天津：新蕾出版社，2023.5(2024.2 重印)
（国际大奖小说：成长版）
ISBN 978-7-5307-7513-4

Ⅰ.①帕… Ⅱ.①莫…②莱…③余… Ⅲ.①儿童小说-长篇小说-匈牙利-近代 Ⅳ.①I515.84

中国国家版本馆 CIP 数据核字(2023)第 017118 号

Original Title: A Pál Utcai Fiúk
Illustrations © Károly Reich
Published in arrangement with MÓRA Publishing House, Hungary
Simplified Chinese translation copyright © 2023 by New Buds Publishing House (Tianjin) Limited Company
ALL RIGHTS RESERVED
津图登字：02-2022-180

书　　名	帕尔街少年　PA'ER JIE SHAONIAN
出版发行	天津出版传媒集团 新蕾出版社
	http://www.newbuds.com.cn
地　　址	天津市和平区西康路 35 号(300051)
出 版 人	马玉秀
电　　话	总编办 (022)23332422 发行部 (022)23332351　23332679
传　　真	(022)23332422
经　　销	全国新华书店
印　　刷	天津新华印务有限公司
开　　本	895mm×1370mm　1/32
字　　数	165 千字
印　　张	8
版　　次	2023 年 5 月第 1 版　2024 年 2 月第 2 次印刷
定　　价	32.00 元

著作权所有，请勿擅用本书制作各类出版物，违者必究。
如发现印、装质量问题，影响阅读，请与本社发行部联系调换。
地址：天津市和平区西康路 35 号
电话：(022)23332677　邮编：300051

一辈子的书

梅子涵

◆亲近文学◆

　　一个希望优秀的人，是应该亲近文学的。亲近文学的方式当然就是阅读。阅读那些经典和杰作，在故事和语言间得到和世俗不一样的气息，优雅的心情和感觉在这同时也就滋生出来；还有很多的智慧和见解，是你在受教育的课堂上和别的书里难以如此生动和有趣地看见的。慢慢地，慢慢地，这阅读就使你有了格调，有了不平庸的眼睛。其实谁不知道，十有八九你是不可能成为一个文学家的，而是当了电脑工程师、建筑设计师……可是亲近文学怎么就是为了要成为文学家，成为一个写小说的人呢？文学是抚摸所有人的灵魂的，如果真有一种叫作"灵魂"的东西的话。文学是这样的一盏灯，只要你亲近过它，那么不管你是在怎样的境遇里，每天从事怎样的职业和怎样地操持，是设计房子还是打制家具，它都会无声无息地照亮你，使你可能为一个城市、一个家庭的房间又添置了经典，添置了可以供世代的人去欣赏和享受的美，而不是才过了几年，人们已经在说，哎哟，好难看哟！

　　谁会不想要这样的一盏灯呢？

◆阅读优秀◆

文学是很丰富的,各种各样。但是它又的确分成优秀和平庸。我们哪怕可以活上三百岁,有很充裕的时间,还是有理由只阅读优秀的,而拒绝平庸的。所以一代一代年长的人总是劝说年轻的人:"阅读经典!"这是他们的前人告诉他们的,他们也有了深切的体会,所以再来告诉他们的后代。

这是人类的生命关怀。

美国诗人惠特曼有一首诗:《有一个孩子向前走去》。诗里说:

有一个孩子每天向前走去,

他看见最初的东西,他就变成那东西,

那东西就变成了他的一部分……

如果是早开的紫丁香,那么它会变成这个孩子的一部分;如果是杂乱的野草,那么它也会变成这个孩子的一部分。

我们都想看见一个孩子一步步地走进经典里去,走进优秀。

优秀和经典的书,不是只有那些很久年代以前的才是,只是安徒生,只是托尔斯泰,只是鲁迅;当代也有不少。只不过是我们不知道,所以没有告诉你;你的父母不知道,所以没有告诉你;你的老师可能也不知道,所以也没有告诉你。我们都已经看见了这种"不知道"所造成的阅读的稀少了。我们很焦急,所以我们总是非常热心地对你们说,它们在哪里,是什么书名,在哪儿可以买到。我就好想为你们开一张大书单,可以供你们去寻找、得到。像英国作家斯蒂文生写的那个李利一样,每天快要天黑的时候,他就拿着提灯和梯子走过来,在每一家的门口,把街灯点亮。我们也想当一个点灯的人,让你们在光亮中可以看见,看见那一本本被奇特地写出来的书,夜晚梦见里面的故事,白天的时候也必然想起和流连。一个孩子一天天地向前走去,长大了,很有知识,很有技能,还善良和有诗意,语言斯文……

同样是长大,那会多么不一样!

◆自己的书◆

优秀的文学书,也有不同。有很多是写给成年人的,也有专门写给孩子和青少年的。专门为孩子和青少年写文学书,不是从古就有的,而是历史不长。可是已经写出来的足以称得上琳琅和灿烂了。它可以算作是这二三百年来我们的文学里最值得炫耀的事情之一,几乎任何一本统计世纪文学成就的大书里都不会忘记写上这一笔,而且写上一个个具体的灿烂书名。

它们是我们自己的书。合乎年纪,合乎趣味,快活地笑或是严肃地思考,都是立在敬重我们生命的角度,不假冒天真,也不故意深刻。

它们是长大的人一生忘记不了的书,长大以后,他们才知道,原来这样的书,这些书里的故事和美妙,在长大之后读的文学书里再难遇见,可是因为他们读过了,所以没有遗憾。他们会这样劝说:"读一读吧,要不会遗憾的。"

我们不要像安徒生写的那棵小枞树,老急着长大,老以为自己已经长大,不理睬照射它的那么温暖的太阳光和充分的新鲜空气,连飞翔过去的小鸟,和早晨与晚间飘过去的红云也一点儿都不感兴趣,老想着我长大了,我长大了。

"请你跟我们一道享受你的生活吧!"太阳光说。

"请你在自由中享受你新鲜的青春吧!"空气说。

"请你尽情地阅读属于你的年龄的文学书吧!"梅子涵说。

现在的这些"国际大奖小说"就是这样的书。

它们真是非常好,读完了,放进你自己的书架,你永远也不会抽离的。

很多年后,你当父亲、母亲了,你会对儿子、女儿说:"读一读它们,我的孩子!"

你还会当爷爷、奶奶、外公和外婆,你会对孙辈们说:"读一读它们吧,我都珍藏了一辈子了!"

一辈子的书。

目 录

第一章　　1

第二章　　17

第三章　　37

第四章　　69

第五章　　97

第六章　　112

第七章　　141

第八章　　159

第九章　　200

第十章　　205

译后记　　239

第一章

差一刻一点。在自然史课的课堂上，那个花费了很长时间一直没能做成的实验终于成功了。像是对这些焦躁不安等待放学的孩子们的奖赏，原本透明无色的本生灯火苗里忽然蹿出一道青绿色的光焰，从而证验了老师想要的那个结果：这种新生成的化合物能够将火苗染绿。

我刚才说了，现在刚好是差一刻一点。就在这个胜利在望的时刻，从隔壁院落里传来的手摇式风琴的悠扬乐声一下子打破了教室里严肃的气氛。在这个温暖和煦的三月天，所有的窗户都敞开着，美妙的音乐借助春风的羽翼飞进了教室。这本是一首欢快的匈牙利民歌，但是经那辆流动音乐车奏出来，听起来更像一首进行曲——热闹喧嚣，颇有维也纳风格。惹得全班学生都想发笑，有的还真忍不住笑了出来。本生灯里的青绿色火焰仍在欢快地跳动。只有坐在第一排的几个

男生盯着它看,其他同学都把目光投向了窗外。从那里可以看到隔壁几栋小房子的屋顶,以及远处沐浴在正午阳光下的钟楼,钟楼上时钟的表针正令人欣慰地朝十二点钟走去。就在他们朝窗外张望的时候,一些很不和谐的声音也随着音乐声传进了教室。有轨马车的车夫们不时按响喇叭,一个女仆在某个庭院里轻快地唱歌,但是她唱出的曲调与手摇式风琴奏出的乐声显得格格不入。

全班同学开始躁动不安:有的孩子动手收拾课桌上的东西;喜欢整洁的孩子则认真擦拭着他们的鹅毛笔;博卡拧上了用红色皮革缠裹、便于放在衣兜里携带的小墨水瓶的瓶盖,这是一个相当"精巧"的装置——墨水平时绝不会从里面流出来,只有当你把它揣进衣兜里时才会慢慢渗出来;齐莱收拾好他的书页,对他来说,这些书页就是他的课本,齐莱很注重自己的衣着和外表,所以他不会像别的孩子那样把所有课本都夹在胳肢窝下,而是习惯只带当日需要的几张书页,并将它们细心地分装到衣兜里;坐在最后一排的楚瑙柯什打了一个很大的哈欠,活像一头闲得无聊的河马;维斯将自己的衣兜翻了出来,抖掉里面的面包渣,那些渣子是他上午偷吃牛角面包留下的,从上午十点到下午一点的这段时间里,维斯总是将手伸进口袋,将牛角面包掰成小块,然后偷偷地塞进嘴里;盖列伯的两只脚在课桌下不安地滑蹭,做好随时站起身的准备;鲍劳巴什则明目张胆地从课桌里掏出一块防水蜡布铺在膝头,并按照尺寸大小将课本摆起来,包成一包,最后用一根布带捆扎好,由于动作过大,桌椅发出嘎吱的响声,他自己也满脸通红。总之，所有的同学都做好了放学的准备，只有老师还没有意识到再过五分钟就要下课了，他用和悦的目光从全班人的头顶上扫过，问道：

"怎么了？"

教室里马上安静了下来。鲍劳巴什不得不将布带解开，盖列伯小心翼翼地收起双腿，维斯把已经翻出来的衣兜又塞了回去，楚瑙柯什用手捂住嘴巴打了个哈欠，齐莱不再整理那些书页，博卡迅速揣起墨水瓶，并且立刻感觉到漂亮的蓝墨水开始在衣兜里渗漏。

"怎么了？"老师又追问了一遍。所有人都一动不动地坐在各自的课椅上。随后，大家都将脸转向了教室窗户，迎着从窗外传来的手摇式风琴咿咿呀呀的欢快乐音。而它似乎在向所有人得意地炫耀：课堂纪律管束不了我！老师用严厉的目光朝手摇式风琴乐声传来的方向看了一眼，然后说道：

"辰盖伊，把窗户关上！"

辰盖伊是个小个子，坐在教室前面第一排靠窗的座位。他立即站起身来，瘦削的小脸上带着严肃的神情，随后郑重其事地走到窗前关上了窗户。

就在这时，坐在最后一排的楚瑙柯什向教室中间的走道探出身子，对坐在前边的一个金发小男孩低声叫道：

"接着，奈迈切克！"

奈迈切克用余光扫了一眼身后，随即将目光投到了地上。就在这

时,一个小纸团滚到了他的脚边。他弯腰捡起,随手展开。看到字条上有一面这样写着:

转交给博卡!

奈迈切克知道,自己看到的只是写了收信人名字的一面,而信的内容——写信人真正要说的话——则写在字条的另一面。奈迈切克是一个有教养的孩子,他并不想偷看别人的信。于是,他将字条重又揉成一个纸团,等待一个合适的时机。现在他也探出身子,隔着教室中间的那条走道小声叫道:

"接着,博卡!"

此刻,坐在更前边一些的博卡正低下头盯着地面。要知道,教室的地面是传送字条的天然工具。果真,一个小纸团从后面滚了过来。在字条的另一面,也就是奈迈切克出于诚实而没有偷看的那一面,写着这样一句话:

下午三点准时开会。在空场投票选举主席,并宣布结果。

博卡将小纸条揣进外套口袋,又勒了一下已经将书本捆得很紧的那根布带。一点钟整。电动挂钟响了起来,老师也知道该下课了。他熄灭了本生灯的火苗,布置好作业,走出教室,回到自然史课的教具室内。他刚一推开教具室的门,就感觉到各种各样的动物标本,甚至摆在架子上的那些摆出梳理羽毛姿势的鸟类标本都瞪着呆傻的玻璃眼珠盯着他。而角落里站着一个静默无声、神秘又可怕的家伙:一具颜色已经发黄了的人体骨架。

不出一分钟,全班同学就离开了教室。在高大宽敞、立柱耸立的楼梯井里,孩子们撒欢儿似的奔跑、蹦跳,只有当老师的身影出现在喧闹的男孩们中间时,狂野的跑跳才略有收敛。每逢这时,孩子们会拘谨地收住脚步,楼道里突然变得安静。但只要老师的身影在拐角处消失,奔跑下楼的比赛就会重新开始。

在学校门口,学生们像洪水一样倾泻而出。一半人向左拐,一半人往右走。假若有老师走到他们中间,孩子们就会摘下头上的小帽子致意。所有人都神色疲倦、饥肠辘辘地走在阳光普照的街道上,但是一看到街道上洋溢着欢乐、生机勃勃的生活场景,昏沉的感觉便立即烟消云散。他们沉醉在清新的空气和绚烂的阳光中,漫无目的地走进车水马龙的闹市里,对他们来说,这座城市是由轻便马车、有轨马车、大街小巷、商场店铺等组成的杂乱无序的混合体,他们不得不在这里面吃力地找到各自的家。

在学校隔壁一栋楼的大门洞下,齐莱为了买几块土耳其蜂蜜糖而在跟小贩卖力地砍价,因为小贩十分无耻地抬高了售价。众所周知,一块土耳其蜂蜜糖的价格在哪里都一样——只需一枚面值最小的铜币。具体地说,土耳其蜂蜜糖应该这样销售:小贩手执一把锋利的小

刀,从一大块夹杂着花生仁的白色蜂蜜糖里切下小小的一块,那一块就值一枚铜币。话说回来,在大门洞下卖的所有甜食,无论是穿在小木签上的三枚李子、三个切成一半的无花果、三颗野莓或三个掰成一半的核桃仁,只要蘸上糖浆后都应该卖一枚铜币,一大块黑焦糖、一块大麦糖也是一枚铜币。甚至被戏称为"学生饲料"的混合干果,装在折成漏斗形的小纸袋里,也是一枚铜币一小份。在孩子们看来,那是世界上最好吃的一种混合干果,里面有花生、白葡萄干、黑葡萄干、糖块、杏仁、豆荚树上荚果的碎末和苍蝇。一份仅需一枚铜币的混合干果,包含了来自制造业、植物世界和动物世界的诸多产品。

凡是熟悉商业法则的人都很清楚,即使涨价会使生意难做,价格该涨也还是要涨。打一个比方,亚洲的茶叶之所以在西欧卖得很贵,是因为运输茶叶的商队要穿过那些强盗出没的危险地带。而需要茶叶的西欧人,必须要为那些风险买单。就贩卖土耳其蜂蜜糖这桩生意而言,商业法则同样生效,因为人们想要将这个可怜的小贩从学校附近赶走。小贩心里很清楚,一旦人们想要禁止他在这里卖货,那肯定是能够禁止的。因此,即便他的蜂蜜糖还有很多没有卖出,他也不敢抬起脸冲从他眼前匆匆走过的老师们微笑,他不相信自己能用微笑打消那些人对他的偏见,在他们眼里,他是青少年的敌人。

"孩子们把他们所有的零花钱都花在了这个意大利小贩那里。"老师们总是这样讲。这个小贩已经预感到,他能在这所学校附近卖货的时间不多了,因此他决定提高价格。既然他不得不离开这里,那他最后怎么也得再赚上一笔。所以他直接告诉齐莱:

"从前所有的东西都一枚铜币一份,从现在开始卖两枚铜币。"

他一边十分吃力地说出这些匈牙利单词,一边在空中挥舞着小刀。盖列伯走到齐莱跟前,附在他耳边小声地说:

"把你的帽子扔到他的糖果摊上!"

齐莱很喜欢这个主意。嘿,这个点子实在太妙了!如果他把帽子扔过去,摊上的糖果肯定会乱飞起来!男孩们看到肯定会很开心!

盖列伯又附在他耳边小声说了一句充满诱惑的话:

"把你的帽子扔过去!教训一下这个奸商!"

齐莱摘下他的帽子。

"用这顶漂亮的帽子吗?"他犹豫地问。

盖列伯意识到自己错了。他虽然想出了一个"好"主意,但是没有用对地方。想来齐莱很注重自己的衣着和外表,上学都只带几张课本里的书页。

"你舍不得是吧?"盖列伯问他。

"我是舍不得。"齐莱回答,"但你不要认为我是一个懦夫,我只是舍不得这顶帽子。如果你想让我证明我的勇气,我有一个办法,我很乐意把你的帽子扔过去!"

他不该对盖列伯说这样的话。盖列伯听了后勃然大怒:

"我的帽子,我可以自己来扔!这个可恶的奸商!你要是害怕,那就赶紧躲到一边去!"

盖列伯说着做出一副好斗的姿态,他摘下自己的帽子,准备扔到那张 X 形腿的桌子上。

有人突然从后面抓住了他的手腕,用一副颇具男子汉气概的严肃嗓音质问:

"你想干什么?"

盖列伯扭头看去,博卡站在他的身后。

"你想干什么?"博卡追问道,既严肃又温柔地看着他。

盖列伯低声嘟囔了一句。就像一头狮子看到了驯兽师的目光,他立刻屈服了,顺从地将帽子戴回头上,耸了耸肩膀。

博卡平静地说：

"别跟这个人过不去。我喜欢勇敢的人，但是这么做毫无意义。跟我来！"

博卡说着向盖列伯伸出了手。墨水瓶里的蓝色墨水渗漏到了他的外套口袋里，也让他的手沾上了墨水。但博卡想也不想就把手从兜里掏了出来，又顺势在墙上抹了一下手，结果墙壁被抹上了蓝墨水，而博卡的手并没有因此变得干净。即便如此，他们也不再关心墨水的事。博卡抓住盖列伯的胳膊，沿着长街扬长而去。英俊的小齐莱被落在了他们身后。他们听到齐莱压低了嗓音，沮丧地对小贩说：

"既然从现在开始两个铜币一块，那就给我两个铜币的蜂蜜糖吧。"

齐莱将手伸进那只精致漂亮的绿色小钱袋。小贩的脸上露出了笑意，或许他正在盘算：假如从明天开始，把所有的东西都涨到三枚铜币一份，结果又会怎么样呢？当然，这只是一个不可能成真的梦，就像人希望自己的每个福林①都增值到一百福林一样。他将手中的小刀用力地插进蜂蜜糖里，然后将切下的那一小块糖放到一张小纸片上。

齐莱看着糖不高兴地说：

"可是，你给的怎么比以前还要少？"

小贩咧嘴笑道：

---

①福林：匈牙利通用货币。

"现在不仅贵了,给的也会少些。"

说着,小贩已经将脸转向下一位顾客。新来的顾客也学乖了,手里拿着两个铜币。小贩手起刀落,又将小刀插进那一大块白色的蜂蜜糖里,小心翼翼地切下薄薄的一片,动作有些怪异。

"这也太过分了,"齐莱忍不住劝新来的顾客,"别在他这儿买了!他是个奸商!"

齐莱边说边将一整块蜂蜜糖塞进嘴里,糖上面还粘着一小片纸,既撕不下来,也舔不下来。

"你们等我一下!"他冲着博卡和盖列伯的背影大声喊道,随后拔腿就追。

他终于在街角追上了两人,并跟他们一起拐进烟斗巷,朝绍洛克沙利大街的方向走去。三个少年勾肩搭背。博卡走在中间,像往常一样用低沉、严肃的语气解释着什么。十四岁的他,脸上并没有多少男子汉的特征,但只要他一开口,就立即显得年长了几岁。他的嗓音低沉、温和而严肃。他很少说蠢话,也不喜欢寻衅滋事,对其他男孩的小矛盾、小争吵从不插手,即使伙伴们请他出面裁决对错,他也尽量回避。他已经懂得了这个道理:无论他怎样裁决,结果都会使其中一方痛苦地离去。而这种痛苦,他认为是裁决结果造成的。除非矛盾闹大,严重到需要老师干预的地步,博卡才会出面调停,促成和解。想来矛盾双方,至少谁都不会记恨劝和之人。总之,博卡看上去是一位聪颖少年,或许他在未来的生活中成不了大事,但肯定能够成为一名心地

正直的男子汉。

按照回家的路线,他们必须从绍洛克沙利大街拐进克孜泰莱克大街。春天的太阳暖洋洋地照在寂静的街道上,从卷烟厂里传出低沉的轰鸣声,工厂的外墙从街道的这一端一直延伸到另一端。在克孜泰莱克大街上只能看到两个人影,他们站在马路中央等待着。其中一个是身强力壮的楚瑙柯什,另一个是身材瘦小的金发男孩奈迈切克。

看到三个小伙子勾肩搭背地走过来,楚瑙柯什立刻兴奋得将两根手指放进嘴里,吹了一个响亮的呼哨,听上去像是蒸汽机车拉响的汽笛声。这样的口哨儿只有他会吹。在四年级的同学中无人能够模仿,即使把全校的学生都算上,也没有几个男孩能够吹出这种只有马车夫才会吹的口哨儿。而据他们所知,高年级的岑戴尔会用这种方式吹口哨儿,那也只是在他担任文学社社长之前。自从当了社长,岑戴尔就再没有把手指放进过嘴里。身为每星期三下午都要跟匈牙利语课老师一起坐到讲台上的文学社社长,做这样的动作很不得体。

总之,楚瑙柯什吹了一个响亮的呼哨。男孩们来到他跟前,在马

路中间站成一圈。

楚瑙柯什问金发的小男孩奈迈切克：

"你还没有告诉他们吗？"

"没有。"奈迈切克说。

其他三人都异口同声地问：

"什么事？"

楚瑙柯什替奈迈切克回答：

"昨天他们又在历史博物馆的花园里说了'Einstand'。"

"他们是谁？"

"帕斯托尔兄弟。那两个帕斯托尔。"

大家都沉默不语。

这里需要解释一下"Einstand"这个词。这是在佩斯的孩子们中间流行的一个特殊词语。它的意思是：如果一个强壮的男孩看到比他弱小的孩子弹玻璃球、踢羽毛毽或玩豆荚树的荚果，却蛮不讲理地将它们抢走，这种霸行就被孩子们称作"Einstand"。换句话说，这个德语词是"倚强凌弱"的同义语，强壮的男孩抢走弱小孩子的弹球之类的玩具，当作战利品据为己有，如果谁敢反抗，他们就会对谁使用暴力。因此，"Einstand"也意味着宣战。简而言之，这个词里囊括了交战状态、暴

力关系、丛林法则和强盗逻辑。

齐莱第一个打破了沉默。他忧心忡忡地问：

"他们真说了 Einstand？"

"是的。"身材瘦小的奈迈切克终于鼓起了勇气说。

盖列伯义愤填膺地大声说：

"我们决不能再这样忍受下去！我早就说过，我们必须行动起来，做点什么。可博卡总是一脸的不乐意。假如我们什么都不做的话，总有一天他们会欺负到我们头上的。"

楚瑙柯什将两根手指放进了嘴里，这意味着他又要兴奋得吹口哨儿了。无论迎接他的是一场什么样的斗争，他已经做好了投身斗争的准备。但是博卡抓住了他的手腕。

"别把我的耳朵震聋了！"博卡制止了他。接着，他严肃地追问奈迈切克："事情到底是怎么发生的，你是说，他们说了 Einstand 吗？"

"是的。"奈迈切克回答。

"什么时候？"

"昨天下午。"

"在哪儿？"

"在博物馆。"

他指的是历史博物馆的花园。

"告诉我到底怎么回事！我想知道所有的细节。假如要对他们采取行动，我们必须了解全部真相……"

奈迈切克显得颇为激动,他感觉自己成了一个重大事件的核心人物。这种情况很少发生在他身上。他一直觉得自己就像数字1,既不能用来做除法,也不能用来做乘法,谁都不会在意他。他只是一个无足轻重的小个子,一个弱不禁风的小男孩。或许正因如此,他更适合扮演"受欺负者"的角色。他开始绘声绘色地讲述起来,其他男孩则你一言我一语地商讨对策。

"事情是这样的,"奈迈切克说,"我们在午饭后去博物馆那边玩,除了我和维斯,还有里希特、科尔纳伊和鲍劳巴什。刚开始,我们想在艾斯特哈兹大街踢球,但足球是另一所学校的学生的,他们不带我们玩。后来鲍劳巴什建议我们去博物馆的墙根下玩弹球。于是,我们就去了。我们每个人弹出一个球,如果谁弹出的球击中了另一个球,那么地上所有的球就都归他。我们依次弹球,当时墙根下已经攒了十五个球,其中还有两颗玻璃珠子。突然,里希特紧张地叫了一声:'糟糕,帕斯托尔兄弟来了!'

"话音刚落,帕斯托尔兄弟出现在博物馆的拐角。他们把手揣在口袋里,低着头,慢慢向我们走来,我们所有人都害怕极了。尽管我们有五个人,但也无济于事,他们俩实在太强壮了,完全能打败十个人。话说回来,我们也不能算有五个人,因为一旦遇到麻烦,科尔纳伊肯定会第一个跑掉,鲍劳巴什也会逃走,所以我们只能算三个人。我也有可能逃跑,那样就只剩两个人了。即使五个人都逃,那也没有意义,因为没有人能跑得过帕斯托尔兄弟,我们再怎么跑也逃不掉,他们肯定能追上我们。帕斯托尔兄弟越走越近,眼睛盯着地上的弹球。我跟科尔纳伊说:'你看,这两个家伙喜欢上了我们的弹球。'维斯立刻警觉起来,担心地说:'他们过来了,已经过来了,这回他们会把我们洗劫一空。'但是,我还是觉得他们不会伤害我们,因为我们从来没得罪过他们。

"起初,他们俩只是站在那里看我们玩,并没有欺负我们。科尔纳伊附在我耳边小声说:'哎,奈迈切克,咱们还是别玩了。'我对他说:'为什么不玩?你刚刚弹完一颗珠子,没有击中!现在应该轮到我了。如果我赢了,咱们就不玩了。'就在我们说话时,里希特弹出了一个球,由于惊恐,他的手发抖,还用一只眼睛斜视着帕斯托尔兄弟,毫无疑问,他没能击中。帕斯托尔兄弟仍然一动不动地站在那里,手揣在兜里。随后,我弹出一颗珠子,并且幸运地击中了另一颗。我赢了地上所有的弹球,大概有三十多个!正当我要过去捡起它们时,小帕斯托尔一步跨到我的跟前,冲我喊道:'Einstand!'我扭头再看,科尔纳伊和鲍劳巴什已经拔腿跑了,维斯面色苍白地贴墙站着,里希特则在犹豫跑还是不跑。我试着跟帕斯托尔兄弟讲道理。我说:'对不起,你们没有权力拿走我们的弹球。'可大帕斯托尔已经开始捡地上的弹球了,他把那些珠子都揣进了自己的裤兜里。小帕斯托尔则一把抓住我的衣襟,冲我吼道:'难道你没有听见我说Einstand吗?!'当然,我什么都不敢再说了。站在墙边的维斯开始哭泣。科尔纳伊和鲍劳巴什躲在博物馆的墙角偷偷往回张望,想看看这边发生了什么。帕斯托尔兄弟

把地上的所有弹球都捡了起来,一言不发地扬长而去。这就是事情的整个经过。"

"真是前所未闻!"盖列伯愤怒地说。

"这纯粹是抢劫!"

这句话是齐莱说的。楚瑙柯什吹了一声锐利的呼哨,空气中似乎弥漫起火药味。博卡一声不吭地站在一旁思考着。所有人的目光都盯在他身上。每个人都想知道博卡会对这件事如何表态。几个月来,几乎帕尔街的所有男孩都抱怨过这类无礼的挑衅,可博卡一直都没有把它当作一回事。然而现在竟然发生了这样的事情,显然把博卡激怒了。

他低声说道:

"现在我们去吃午饭。下午在空场上见。所有的事情我们都将在那里讨论。我也不得不说,真是前所未闻!"

博卡的这些话让所有人感到欣慰。在这种时刻,博卡还是很有同情心的。男孩们亲热地围着他,微笑地看着他那颗聪明的小脑袋和炯炯有神的黑眼睛。此刻,他的眼睛里已燃烧起战斗的火焰。他们很想亲吻博卡,之所以想亲他,是因为他终于愤怒了。

他们动身回家。在尤若夫城区的某个地方,一只欢乐的大钟正当当敲响。阳光明媚,一切都很美好。男孩们准备大干一场。每个人心里都激起了行动的欲望,都为即将发生的事情激动不已。因为他们相信:博卡一旦决心要做什么事情,那么这件事肯定就能做成!

第二章

对那些从小在匈牙利大平原上长大的孩子来说，只需要跨出家门一步，就可以来到漫无边际的原野上，置身在被称作苍穹的、奇妙而辽阔的蓝色天幕下。他们的眼睛习惯了眺望遥远的地平线，他们从来没有在高楼大厦的缝隙间生活过，所以不可能知道，对家住佩斯的孩子们来说，一块可供玩耍的空地意味着什么。在家住佩斯的孩子们看来，一块空地就像辽阔的平原、草地，意味着无限自由。

这是帕尔街边上的一小块空地，男孩们习惯称它为"空场"。临街的一侧是一道摇摇欲坠的木围墙，另外几边则是直插天空的楼房外墙。现在，在帕尔街的空场上孤零零地耸立着一栋四层的公寓楼，楼里住满了房客，不会有人知道：这一小块空地，意味着一群可怜的佩斯少年已逝的激昂青春。

这块空地上什么也没有，叫它"空场"名副其实。而空场的后面

是……你猜得没错,正是后面那部分使空场变得奇妙、有趣。那里是另一块宽阔的空地,被一家蒸汽锯木材加工公司租赁了下来,堆满了整齐的四方形木垛,巨大的木垛之间形成了一条条狭窄的小道。这是一座真正的迷宫!五六十条小道在沉默不语的深色木垛之间纵横交错,隐秘通连,要想在这座迷宫里辨别方向可不是一件容易的事。如果你费尽周折成功走出迷宫,便会到达一个小广场。那里有一栋小房子——蒸汽锯车间。这是一栋看似怪异、神秘、恐怖的小房子。夏天,整栋房子被茂盛的野葡萄藤覆盖着,一根根黑色的小烟囱从绿叶间伸出来,有规律地喷吐出白色的蒸汽。假如你从远处细细聆听,会以为在木垛中的某个地方,有一辆无法启程的蒸汽机车在痛苦地呻吟。

  小房子周围停满了巨大又笨重的拖车。不时有一辆马车停到房檐下,随后会响起一阵哗啦啦的声音。房檐下开着一扇小窗,从窗里伸出了一个向下倾斜的木槽。马车刚停到小窗下,已被锯成小块的木料就会通过木槽哗啦啦地流进车斗,很快就装满了。随后,车夫大喊一声,黑色的小烟囱立刻停止喷吐蒸汽,小房子里突然安静下来。车夫又对马吆喝一声,载满小块木料的马车就摇摇晃晃地出发了。之后,又一辆马车带着空空的车斗停到房檐下,黑色的铁皮烟囱又开始喷吐蒸汽,小块的木料又开始哗啦啦地从木槽里倾泻而出。这种场景日复一日地重复了许多年。蒸汽锯在小房子里不断将木材切锯成小块的木料,而大马车则源源不断地运来新的木材。因此,空地上的木垛总是那么多,即便蒸汽锯刺耳的尖叫声从早到晚响个不停,四四方方的木垛也只多不少。小房子前长着几棵年轻的桑树,其中一棵桑树旁有一座简陋的木板房,里面住了一个斯洛伐克人,他不分昼夜地在那里看守,防止有人偷窃或纵火。

难道还有比这个空场更理想的玩耍地吗?对住在城市里的孩子们来说,肯定不需要再找别的地方。帕尔街的这块美丽而神奇的平坦空场,完全可以媲美美国西部辽阔的莽原。空场后面的木材场则是莽原之外的一切:它是城市、森林、悬崖、陡峭的山地……总之,你可以每天给它起一个名字,你叫它什么,它就是什么。此外,你不要认为这块空场是一个很难防守的地方!男孩们在较大的几个木垛顶上建了城

堡和碉堡。至于哪一个防御点需要加固，则要听从博卡的决定。整座军事防御工事都是由楚瑙柯什和奈迈切克修筑的，而司令官是整个防御工事的总指挥。四五个重要的关卡都建有碉堡，而每座碉堡又有各自的指挥官。军官们的军衔分为上尉、中尉和少尉，帕尔街的军队主要就由他们组成。至于士兵，很遗憾，只有一名。在整个空场上，所有的上尉、中尉和少尉都喜欢神气十足地向这位唯一的士兵发号施令，指挥这名唯一的士兵。这位唯一的士兵一旦违反了某项军纪，就会受到军法惩治，被关进城堡监狱。

或许我不说你们也知道，这名唯一的士兵就是奈迈切克——那个身材瘦小的金发男孩。上尉、中尉和少尉们即使每天下午在空场上见一百次面，也会愉快地彼此敬礼。他们会迅速将手举到帽檐处，相互致意：

"您好！"

而可怜的奈迈切克不得不冲所有人一一敬礼，然后一声不响、动作僵硬地立正稍息。不管谁从他跟前经过，都会习惯性地训斥他：

"瞧你这副站相！"

"脚跟并拢！"

"挺胸，收腹！"

"立正！"

奈迈切克高兴地服从每一个人的命令。有些孩子就是这样，绝对服从对他们来说就是一种快乐。

下午两点半，空场上还是不见一人。木板房门前铺了一条毛毯，斯洛伐克人正甜美地在上面睡觉。这个斯洛伐克人习惯白天睡觉，因为夜里他要么在木垛之间巡查，要么望着月亮发呆。此刻，蒸汽锯发出刺耳的噪声，黑色的小烟囱喷吐出雪白的蒸汽，被锯成小块的木料哗啦啦地流到马车巨大的车斗里。

两点半刚过了短短几分钟，开向帕尔街的木围墙小门嘎吱一声被推开了，奈迈切克走了进来。他从外套口袋里掏出一大块面包，环顾四周，发现空场上还没有人，于是开始静静地啃嚼面包皮。但在吃面包之前，他仔细地将小木门闩好，这是"空场规则"中最重要的一条：不管谁进到空场，都必须闩好"营门"。如果谁忘了闩门，谁就会被关进监牢。通常来说，他们执行军纪十分严格。

奈迈切克坐到一块石头上，一边啃着面包皮，一边等着其他伙伴。他有种预感，今天下午在空场上会发生振奋人心的事情。此刻的奈迈切克感到十分自豪，因为他属于这块空场、这个集体，也是帕尔街的男孩们中的一员。啃了一会儿面包皮之后，他百无聊赖地起身朝木垛走去，在狭窄的小道里来回穿行，还跟斯洛伐克人养的大黑狗打了一个照面。

"海克托！"他友好地跟它打了一个招呼。海克托只是迅速摇了一下尾巴，就像人在匆匆赶路时出于礼貌稍稍脱帽致意。海克托继续往前跑，一边跑一边生气地叫着。奈迈切克感到纳闷儿，跟在它后边跑起来，想一探究竟。海克托在一个木垛下停了下来，昂起脑袋狂吠。这

个木垛上有男孩们建的一座碉堡,木垛顶上有一圈用木条建成的防护墙,一根细棍上粘着一面红绿色的战旗。大黑狗绕着碉堡上蹿下跳,叫个不停。

"什么情况?"奈迈切克问大黑狗。他跟海克托的关系十分友好。因为在这支军队里,如果说除了奈迈切克之外还有一名士兵的话,那就是海克托了。

奈迈切克仰头朝碉堡张望,没有看见任何人,但是他能听到从上面传来的窸窣声。于是,他蹬着从木垛中伸出来的木头,小心翼翼地向上爬。爬到一半的时候,他清楚地听到上面有人在搬动木头。他的心脏开始怦怦狂跳,很想掉头就走。但当他低头看到站在下面的海克托,又鼓起了勇气。

"别怕,奈迈切克。"他自言自语,继续小心地向上攀爬。每爬上一层,他都会鼓励自己一次。他反复叨念:

"别怕,奈迈切克!别怕,奈迈切克!"

他终于爬到了木垛顶上,最后又说了一遍"别怕,奈迈切克"。但当他想要跨过碉堡的矮墙时,眼前的一切让他刚抬起的脚在惊恐之中悬在了半空。

"天哪!"他禁不住喊道。

他立刻手忙脚乱地爬下来。虽然脚尖已经沾地,心脏仍在怦怦猛跳。他昂起头,看到阿奇·费利站在旗子旁边,右脚就踩在碉堡的矮墙上。这位令人恐惧的阿奇·费利是他们所有人的敌人,是"植物园帮"男孩们的首领。他宽大的红汗衫在微风中飘动着,脸上挂着讥讽的微笑。

他用平静的语调对站在木垛下的奈迈切克说:

"别怕,奈迈切克!"

奈迈切克已经吓得心惊肉跳,拔腿就逃。大黑狗紧跟在他身后,在一堆堆木垛间左闪右移,朝空场方向跑去。阿奇·费利讥讽的喊声随风飘来:

"别怕,奈迈切克!"

当奈迈切克跑到空场回头望时,阿奇·费利的红汗衫已经从木垛顶上消失了,他们插在那里的旗子也不见了。那面红绿两色的旗帜是齐莱的姐姐亲手缝制的,阿奇·费利拔走了它,并且消失在木垛间。或许他从蒸汽锯车间的小房子那边去了玛利亚街,也有可能跟他的朋友们,跟帕斯托尔兄弟躲到了什么地方。

一想到帕斯托尔兄弟可能也在附近,奈迈切克就感到脊背发凉。他很清楚如果跟帕斯托尔兄弟相逢意味着什么。刚才是他第一次近距离地看到阿奇·费利,虽然很怕他,但是说老实话,他对这个男孩产生了好感。他是一个相貌英俊、肩宽膀圆、皮肤黝黑的小伙子,那件宽大的红汗衫与他十分相配,为他增添了几分好斗的色彩。他穿着这件红汗衫,看上去很像19世纪意大利将军加里波第率领的"红衫军"战士。由于"植物园帮"的男孩们都仿效阿奇·费利穿红汗衫,所以他们也号称"红衫团"。

这时候,有人在空场木围墙的小门上有节奏地连叩了四下。奈迈切克终于长舒了口气。这四下叩门声是帕尔街男孩们的联络暗号。他急忙跑过去拔开门闩。原来是博卡带着齐莱和盖列伯来了。

虽然奈迈切克迫不及待地想要告诉他们这个可怕的消息,但他并没有忘记自己的士兵身份,也没有忘记对军官们该做的事。他迅速立正,身体笔直地行了一个军礼。

"你好!"几个男孩刚一进来就问他,"有什么新闻?"

奈迈切克深吸了一口气,似乎想把发生的一切一口气讲完。

"太可怕了!"他大声说道。

"怎么了?"

"吓死人了!我说了你们都不会相信!"

"到底出了什么事?"大家追问。

"阿奇·费利来过这里!"

现在轮到另外三个小伙子紧张了。他们的脸色突然变得严肃起来。

"这绝不可能！"盖列伯说。

奈迈切克用手掌捂住胸口,郑重地说：

"这是真的！"

"用不着发誓！"博卡说。

为了强调自己的话,博卡喊道："立正！"

奈迈切克的鞋跟啪地一磕,两脚并拢。博卡上前一步平静地问：

"仔细说说你看到的情况。"

"当我走在小道里时,"奈迈切克说,"大黑狗叫了起来。我跟着海克托往前走,听见从一座碉堡里传出了动静。于是我爬了上去,看到阿奇·费利穿着红汗衫站在上面。"

"站在上面？在碉堡上面？"

"是的,他站在上面！"奈迈切克一口咬定。他差一点儿又要发誓,已经把手放到了胸前,但是当他看到博卡的眼神,又赶快把手放了下来。他随后补充说："他把我们的旗子也拿走了！"

齐莱听了恨得咬紧了牙关。

"什么？他把旗子也拿走了？"

"是呀。"

四个人火速跑到那里。奈迈切克跑在最后,一是因为他只是名士兵,另一个原因是他担心阿奇·费利还藏在小道里。他们在那座碉堡

前停下。果真，插在上面的旗帜已经不见了，连同旗杆都被拔走了。大家都感到惊诧和紧张，只有博卡表现出临危不惧的冷静。

"告诉你姐姐，"博卡向齐莱吩咐，"请她今晚赶制一面新的旗子。"

"遵命！"齐莱应道，"不过，她已经没有绿布了，红布还有，但绿布没了。"

"白布有吗？"

"有。"

"那就缝一面红白两色的旗子吧！以后我们的旗帜改成红白两色。"

大家都赞同这一决定。

盖列伯对奈迈切克大声下令：

"士兵！"

"到！"

"请在明天早晨之前修订好我们的章程。从今以后，我们旗帜的颜色不再是红绿两色，而是红白两色。"

"遵命！中尉！"

盖列伯随后用体恤的态度对笔直立正的金发小男孩说：

"你去休息吧。"

于是，奈迈切克去"休息"了。其他男孩爬上碉堡，他们断定旗杆是被阿奇·费利折断的。旗杆原本是用钉子钉在碉堡上的，然而现在，只剩下钉子和一小截旗杆留在那里呜咽。

这时候,空地上传来一阵喊声:

"嗨呼,嗨!嗨呼,嗨!"

这是帕尔街男孩们呼喊的号子。看来其他孩子都来寻找他们了,孩子们发出尖厉的呼叫:

"嗨呼,嗨!嗨呼,嗨!"

齐莱将奈迈切克唤到自己跟前:

"士兵!"

"到!"

"你回应一下其他的战友!"

"遵命,少尉!"

奈迈切克立即将手做成喇叭状放到嘴边,用尖细的童音大声喊道:

"嗨呼,嗨!"

随后他们从碉堡上爬下来,朝空场走去。在空场中央,楚瑙柯什、肯德、科尔纳伊等人已经以小组为单位聚集在了那里,当他们看到博卡走过来时,全体立正,因为博卡是这里的司令官。

"大家好!"博卡说。

科尔纳伊从人群里站出来说:

"我们有情况向您报告!"他认真地说,"我们刚才进来时,营门虚掩着。而按照规定,不管谁进来,都应该把门从里面闩上。"

博卡用严厉的目光扫了一下跟在自己身后的几个人,其他人则把目光投到了奈迈切克身上。奈迈切克再次将手放在胸前,正要发誓自己进来时肯定关好了营门,司令官问道:

"谁是最后一个进来的?"

一阵沉默,没有人应声。奈迈切克的脸上流露出一丝得意的神情,他说:

"司令官是最后一个进来的。"

"什么?你说是我?"博卡问。

"是的。"

博卡沉思了片刻。

"你说得对。"他严肃地承认,"是我忘记把门闩上。因此,请把我的名字记到小黑本里。"

他将脸转向盖列伯。盖列伯立即从兜里掏出一个黑皮笔记本,用大写字母写下违规者的名字:博卡·亚诺什,并且记下违规的内容,在名字旁边注了一个"门"字。

这件事博得了男孩们的好感。博卡是一个公正的男孩。这种自我惩罚的举动,表明他是一个男子汉的样板。这样的事例,即使在拉丁语课上也不可能听到,尽管拉丁语老师曾在课上提到过许多品德高尚的罗马人的名字。当然,博卡并非圣贤,身上也有普通人的弱点。他在让盖列伯记下了自己的名字之后,不满地走到科尔纳伊跟前,因为是科尔纳伊报告有人进来没有闩门的。

"你这家伙的嘴也真碎！"博卡转向盖列伯："请把科尔纳伊的名字也记到小黑本里，原因是泄露别人隐私。"

盖列伯又掏出那个可怕的笔记本，把科尔纳伊的名字写了进去。而站在最后的奈迈切克，既幸灾乐祸又不动声色地跳了一小段查尔达什舞，庆幸他的名字这次没被记入小黑本。要知道，在这个记录违规行为的本子里，除了奈迈切克的名字，还从来没写过别人的名字。不管发生了什么事情，他们只会把他的名字写进去。军事法庭每星期六开庭对他做出判决。总而言之，他不得不接受这个现实：在帕尔街的这支军队里，他是唯一的士兵。

随后，大家七嘴八舌开始了热烈交谈。当所有人听闻红衫团的首领阿奇·费利居然只身闯进他们的地盘，爬上地处心脏位置的那座碉堡，拿走了他们的战旗，大家既愤怒又惶恐。他们将奈迈切克团团围住，奈迈切克则添油加醋地为这桩轰动性新闻增添了不少细节。

"他跟你说了什么吗？"

"当然说了！"奈迈切克顿时挺起了胸脯，生出一股自豪感。

"那他说了什么？"大家好奇地追问。

"他冲我喊。"

"喊什么？"

"他喊'奈迈切克，难道你就不害怕吗'。"

金发的小男孩说到这里，咽了一口吐沫。因为他意识到自己没有说实话，事实恰恰相反。他刚刚编出的这句话，听上去显得他十分勇

敢,似乎他的出现让阿奇·费利都感到吃惊,所以那位红衫团首领才会这样问他。

"你真的没有害怕吗?"大家异口同声地问。

"我没有怕。我就这样站在碉堡下边。后来,他从碉堡的另一侧爬了下去,逃跑了。"

盖列伯打断了奈迈切克的话:

"这绝不可能!肯定不是真的!阿奇·费利从来不会在任何人面前逃跑。"

博卡瞪了盖列伯一眼:

"胡说!你居然会为敌人辩护!"

"我只是想说,"盖列伯小声嘟囔道,"阿奇·费利不太可能害怕奈迈切克。"

大伙儿听了都哄笑起来。确实,阿奇·费利不太可能害怕奈迈切克。奈迈切克尴尬地站在人群中央耸了耸肩膀。这时,博卡站到了伙伴们中间,郑重其事地宣布:

"好了,大家都不要再争了!现在我们必须行动起来!弟兄们,我们要想一个办法予以反击!正好我们已经宣布今天会投票选举主席,那么我们现在就开始投票,需要特别说明——我们将选出的是一位拥有全部职权的主席,所有人都必须听从他的指挥,执行他的命令。要知道,刚才发生的这件事很可能会引发一场战争,因此我们需要一位能够运筹帷幄、统领全军的将领,就像真正的战场上的将领一样。士兵,出列!立正!你数数我们有多少人在场,有多少个人就撕多少张纸条,然后发给大家。请每个人在纸条上写下自己心目中的候选人名字。我们将所有选票都放到一顶帽子里再计票,谁得到的票数最高,谁就出任主席。"

"万岁!"所有人齐声喊道。楚瑙柯什将手指放进嘴里,吹了一声像打谷机声一样震耳的口哨儿。维斯掏出了他的铅笔。科尔纳伊和鲍劳巴什发生了激烈争执,因为他们都希望自己的帽子能够荣幸地成为"选票箱"。两个人各不相让,差点儿打了起来。科尔纳伊说鲍劳巴什的帽子太脏腻。肯德则站出来打抱不平,说科尔纳伊的帽子更脏腻。于是,有人建议检测两顶帽子脏腻的程度,他们用小刀在两个人帽子的内侧皮圈上认真地刮着。然而无论检测的结果如何,都为时已晚,因为齐莱为了集体的利益已经贡献出了他那顶漂亮的黑色小礼帽。

再不服气也没有用,因为没有谁的帽子会比齐莱的帽子更时尚。

然而最让大伙儿感到意外的是,奈迈切克并没有急着分发纸条,而是利用大家将注意力暂时集中到他身上的这个机会,用脏兮兮的小手攥着一沓纸条,向前迈出一步,郑重地立正,然后用颤抖的嗓音说:

"您要知道,司令官,这对我来说很不公平。这里只有我一个人是士兵……从刚一开始,从我们这支队伍建立以来,其他人都晋升成了军官,只有我一个人始终当士兵,每个人都能命令我……所有的事情都得我来干……另外……还有……"

奈迈切克说到这里,情绪变得激动起来,眼睛里流出了委屈的泪水,泪珠从他苍白的小脸上串串滚落。

齐莱傲慢地打断他:

"司令官,应该把他开除!"

又有一个声音从后面传来:

"他只会哭。"

所有人都笑了。这些嘲讽使奈迈切克更加痛苦。这个可怜的孩子心里十分难受,他突然失控地抽泣起来,辩解道:

"你们自己看看吧,在……在那个……小黑本里……记下的总是……总是……我的名字,我……我……就像一条小狗……"

博卡用平和的语气说:

"如果你现在还这样哭天抹泪,那么以后就不要来找我们玩了。我们不会跟小田鼠玩。"

"小田鼠"这个词产生了作用。奈迈切克听到后吃了一惊,慢慢止住了哭泣。司令官将一只手搭在奈迈切克的肩头,安慰他:

"假如你能够好好表现,立功获奖,那么将有望在五月份晋升为军官。现在,你暂时还要当士兵。"

其他人都表示同意。假如奈迈切克今天就晋升为军官,那么现在的一切都失去了意义。一旦没有士兵供他们指挥,那么他们的军衔也就变成了虚衔。

盖列伯尖声喝道:"士兵,快削铅笔!"他将维斯的铅笔塞到奈迈切克的手中,笔尖是在口袋里折断的。士兵顺从地接过铅笔,噙着眼泪努力让自己立正,然后开始削铅笔,一边削一边低声啜泣,每次大哭之后他都会这样收场。他将那幼小心灵中所有的痛苦和悲伤都削进了这只2号的哈特穆特牌铅笔里。

"我已经……削……削好了,中尉!"

他将铅笔还了回去,叹了口气,暂时搁下了晋升的念头。

分发完纸条,大家散开各找一个角落填写选票,这对他们来说是一件庄重、严肃的事情。之后,士兵开始挨个儿收集纸条放到齐莱的帽子里。当士兵在男孩们中间穿行的时候,鲍劳巴什用手捅了一下科尔纳伊的肋骨说:

"你看,这顶帽子也很脏腻!"

科尔纳伊朝那顶黑帽子里看了一眼。两个人顿时舒了口气,感觉没有必要再为自己的帽子感到羞愧,因为就连齐莱的帽子都是脏腻

的。

　　纸条收齐后,博卡负责唱票,然后把纸条交到盖列伯手里。总共收上来十四张纸条。博卡一张一张地念道:"博卡·亚诺什,博卡·亚诺什,博卡·亚诺什……"接下来的一张,博卡念道:"盖列伯·德热。"孩子们互相望了一眼,对了一下眼神,他们知道这张纸条是博卡写的。出于礼节,他投了盖列伯一票。随后的几张票是投给博卡的,之后又出现了一次盖列伯的名字,最后一张也是投给盖列伯的。这样算来,博卡得了十一票,盖列伯得了三票。盖列伯不安地笑了笑。在帕尔街男孩们的这个组织里,第一次出现了这种局面:盖列伯成了博卡公开的竞争对手。这三张选票,让盖列伯暗自得意,但其中的两张却刺痛了博卡的自尊心。有那么一刻,他在心里自问:那两个不喜欢我的人会是谁呢?但他很快就平静了下来:

　　"这么说,你们推选我担任主席。"

　　大伙儿又欢呼了一阵,楚瑙柯什也再一次吹响了口哨儿。奈迈切克虽然还眼泪汪汪的,但也怀着巨大的热情跟着一起欢呼。他真的非常喜欢博卡。

　　"谢谢,弟兄们!"博卡说,"那我们就开始行动!我想,你们都很清楚目前的情况,红衫团想要占领这块空场,还想将这些木垛从我们手中夺走。昨天,帕斯托尔兄弟从奈迈切克他们手里抢走了弹球。今天,阿奇·费利潜入这里拿走了我们的战旗,他们迟早会再次闯到这里赶我们走的。我们要保卫我们的阵地!"

楚瑙柯什高呼：

"空场万岁！"

男孩们都将帽子抛向空中。每个人都扯开嗓门儿，激动地呐喊：

"空场万岁！"

随后，他们环顾沐浴在春日午后明媚阳光下的空场和一堆堆木垛。从男孩们的眼神里看得出来，他们热爱这个地方，愿意为它而战，与它同在！他们在高呼"空场万岁"时，感觉就像喊"祖国万岁"一样。所有人都感到心潮澎湃，激情万丈。

博卡接着说：

"在他们进犯这里之前，我们要到他们的植物园走一趟！"

若在以往，听到这样大胆的计划，男孩们也许会因胆怯而退缩。但是在眼下大家同仇敌忾、情绪激昂的时刻，众人高声大喊：

"我们去！"

在众人的喊声过后，奈迈切克才跟在后面喊了一句："我们去！"唉，可怜的小家伙，不管什么场合他都走在最后头，还会帮军官们拎外套。突然，一个嘶哑的声音从木垛方向传来："我们去！"男孩们循声望去，原来是那个斯洛伐克人。他站在那里，嘴里叼着烟斗，脸上带着笑意。海克托蹲在他脚边。男孩们都被逗笑了。斯洛伐克人还模仿他们将帽子抛向空中，并且大喊：

"我们去！"

至此，选举结束了。接下来是玩棒球游戏。有一个男孩口气傲慢地喊道：

"士兵，你赶快去仓库把球和球棒取出来！"

奈迈切克立即撒腿朝"仓库"跑去。"仓库"位于一个木垛下。他爬了进去，将藏在里面的球和球棒一个个取出。斯洛伐克人站在木垛旁边，而在他身边则站着肯德和科尔纳伊。肯德手里拿着斯洛伐克人的帽子，科尔纳伊正用小刀检测它的脏腻度，不用说，斯洛伐克人的这顶帽子肯定是最脏腻的。

博卡走到盖列伯跟前。

"你也得了三票。"博卡对他说。

"是的。"盖列伯自豪地昂起头，直视对方的眼睛。

第三章

作战计划在第二天下午的速记课后就制订好了。速记课在五点钟结束,外面的街灯已经亮起。从学校里出来,博卡对男孩们说:

"在我们发起进攻之前,我们要证明自己跟他们一样勇敢。我将带领最勇敢的两个人去一趟植物园,潜入他们在岛上的营地,把这张纸钉到树上。"

他边说边从衣服口袋里掏出一张红纸,纸上有这样一行字:

帕尔街的男孩们来过这里!

所有人都惊诧地盯着这张红纸。连没上速记课的楚瑙柯什也出于好奇围了过来,他说:

"还应该在纸上写一些粗话。"

博卡摇了摇头,表示反对:

"那样不行。我们绝不能像阿奇·费利拿走我们旗子时所做的那样。我们只是让他们知道,我们并不惧怕他们,我们也有胆量潜进他们的地盘。要知道,那里可是他们召开集会、储藏兵器的据点。这张红纸就是我们的名片。我们要把它钉在那里,让他们看到。"

齐莱表示出他的担心。

"可是,"他说,"据我所知,他们每天晚上都会在岛上聚集,玩强盗与宪兵的游戏。"

"没关系。阿奇·费利来我们的地盘时,他也清楚地知道我们的人有可能在空场上。谁要是害怕,就别跟我一起去。"

但是没有人害怕,连奈迈切克都表现得十分勇敢。看得出来,为了能够早日晋升,他想要立功。他神情自豪地跨出队列:

"我跟你一起去!"

在校外,每一个人都是平等的,没有必要立正敬礼,因为那套规定只在空场上有效。楚瑙柯什也站了出来:

"我也去!"

"但是你要承诺,到了那里你不会吹口哨儿!"

"我承诺。只是现在……能再让我吹一次吗?就吹最后一次!"

"你想吹就吹吧!"博卡表示同意。

楚瑙柯什立刻吹了一声很响的口哨儿。他吹得是那么悦耳,那么尽兴,以至于街上的行人都扭过头来朝他们这边张望。

"现在我已经吹够了！"楚瑙柯什高兴地说。

博卡转向齐莱问：

"你不来吗？"

"我当然想去。"齐莱沮丧地回答，"可是我该怎么办？我实在去不了，六点半我必须回到家里。我妈妈知道速记课是五点钟结束。如果我不按时回家的话，我担心以后我妈妈哪里都不让我去了。"

想到这里，齐莱禁不住打了一个冷战。如果真是那样，对他来说一切都完了：不仅不能再去空场，而且连中尉的军衔也会失去。

"那你就留下来吧。我带楚瑙柯什和奈迈切克去。明天早上，我会在学校告诉你们今晚发生的一切。"

他们握手告别。博卡突然想了什么：

"你们是说，盖列伯今天没来上速记课，对吗？"

"是的，他没有来。"

"难道他病了？"

"那不可能。中午放学后，我跟他一起回的家。他什么病也没有。"

博卡感觉盖列伯最近有一点儿可疑。尤其在昨天他们分手的时候，盖列伯看他的眼神很奇怪，似乎包含了许多复杂的意味。对盖列伯来说，只要博卡还在这个组织里，他就不会有发展前途。他嫉妒博卡。盖列伯认为，自己身上有更多的血性和胆量，他不喜欢博卡那冷静、机智和严肃的性情。他认为自己是比博卡更出色的男孩。

"随便他吧！"博卡平静地说，之后跟两个男孩一起出发了。楚瑙

39

柯什表情严肃地走在他身旁。奈迈切克则喜形于色,因为他终于有机会参加一次这么重要的冒险行动。看到他这副高兴的样子,博卡用责备的语气提醒他:

"不要犯傻,奈迈切克!难道你以为我们去那里是为了消遣?此行会比你想象的要危险许多。别的不说,你就想象一下帕斯托尔兄弟吧!"

一听到"帕斯托尔兄弟",金发小男孩的神情立刻变得严肃起来。要知道,阿奇·费利也是一个可怕的家伙,他很健壮,胆量大到令人不可思议。据说他已经被学校开除了。不过阿奇·费利的眼睛里还保有某种亲切可爱、能给人留下好感的东西,这在帕斯托尔兄弟的眼睛里是找不到的。帕斯托尔兄弟的皮肤晒得黝黑发亮,他们总是低着头走路,看人的时候眼神冷漠而犀利,从来没有人看到过他们的笑脸。所以,害怕帕斯托尔兄弟情有可原。

三个男孩沿着于律伊大街朝城外匆匆走去。现在已是傍晚,天色暗了下来,街灯已经点亮。他们有些紧张不安。他们已习惯在午后玩耍,天黑之后不会上街,而是待在家里读书、做作业。他们一言不发地并排走着,一刻钟后就来到了植物园。挺拔的树木从石头墙后面探出来,树枝上已经长出了嫩绿的新芽。风吹树叶,沙沙作响,植物园就在他们眼前,而大门却在漆黑的夜色中神秘地紧闭着。他们的心脏不禁怦怦狂跳,奈迈切克伸手要按门铃。

"你疯了吗?千万别按门铃!"博卡赶紧拦住了他,"那样等于通知他们我们来了！也许他们会在路上伏击我们……再说,他们不会给我们开门的！"

"那我们怎么进去？"

博卡将目光投向石头墙,用眼神向他示意。

"翻墙吗？"

"对,翻墙。"

"在这里翻？在于律伊大街？"

"不！咱们绕到植物园的后面,那边的墙要比这里矮得多。"

于是,他们拐进一条昏暗的小巷。植物园的后墙是木板围成的。他们磕磕绊绊地贴着木围墙往前走,寻找适合翻墙的位置。在一个路灯照不到的地方,他们停了下来。在木围墙内,一棵高大的老槐树紧贴着墙。

"如果我们从这里爬上去,"博卡小声说,"然后顺着这棵槐树,可以轻而易举地溜下去。另外还有一个好处,我们蹲在树上可以望得很远,能观察他们在不在附近。"

两个伙伴都表示赞同,他们立即开始行动。楚瑙柯什蹲下身子,手扶围墙。博卡小心翼翼地踩上他的肩膀,越过墙头朝植物园内张望。他们的动作很轻,几乎没有发出声响。博卡确信附近没有人后,打了一个手势向伙伴们示意。

奈迈切克小声地对楚瑙柯什说：

"驮他上去！"

楚瑠柯什立即直起身子,博卡矫捷地爬上墙头,腐朽的木板顿时发出咯吱咯吱的声响。

"快点跳啊!"楚瑠柯什小声地催促他。

在几声咔嚓的脆响之后,墙内传来沉闷的扑通声。博卡已经站在了园子里一小块菜地的中央。随后翻进去的是奈迈切克,最后一个是楚瑠柯什。但是楚瑠柯什并没有急着跳到地上,而是先爬到老槐树的粗枝上,在农村长大的他很会爬树。另外两个男孩站在树下问他:

"你看到了什么?"

楚瑠柯什压低嗓音回答:

"只能模模糊糊看到一点儿,因为天太黑了,能见度很差。"

"能够看到小岛吗?"

"那个能看到。"

"岛上有人吗?"

楚瑠柯什隐在枝杈间,十分警

觉地抻长脖子左右张望，又睁大眼睛朝湖的方向望去。

"树林和灌木丛长得实在太密了，岛上什么都看不到……但是在桥上……"

说到这里，他突然停了下来，然后爬到另一根树杈上。过了一会儿，他接着说：

"现在我能看清楚了。桥上站着两个人。"

博卡小声地推断：

"那他们肯定都在那里。桥上的人是哨兵。"

随后树枝咔嚓咔嚓地响了一阵，楚瑙柯什从树上下来了。三个人一声不响地站在树下，考虑现在应该怎么办。他们蹲在一片灌木丛后，确认没有人能看到他们，然后开始低声讨论。

"最好的办法是——"博卡说，"我们穿过灌木丛，走到他们的城堡废墟。你们知道……在那边有一个城堡废墟，建在右边那座小山丘脚下……"

其他两人默默点头，表示熟悉那个地方。

"我们可以猫着腰，小心地穿过灌木丛，一直摸到城堡废墟。到了那里之后，我们中的一个人爬到山顶侦察情况。如果没有人的话，我们就匍匐从山丘的另一侧下去，那边有一条小径直通湖岸。到达岸边后，我们可以躲在芦苇丛里，再商量下一步该怎么办。"

楚瑙柯什和奈迈切克的双眼亮晶晶的，紧盯着博卡。

博卡问：

43

"这样行吗?"

"行!"另外两个男孩点头同意。

"那就立即行动,出发!你们跟在我后边,我更熟悉这里的地形。"

就在他们准备手脚并用地在灌木丛中前进时,突然听到从远处传来了一声悠长、尖厉的口哨儿声。

"我们被发现了!"奈迈切克说,随后紧张地跳起来想跑。

"回来!你给我回来!趴下!"博卡严厉地发出命令。于是,三个人一动不动地趴在草丛里,等着将要发生的事情。难道真被发现了吗?

但是并没有任何人走过来,只听见树叶在风中沙沙作响。博卡小声地说:

"没事了。"

就在这时,又一声悠长、尖厉的口哨儿声突然划破夜空。他们又趴在地上等了一会儿,还是没有人朝这边走过来。奈迈切克蜷缩在一丛灌木下,用颤抖的声音说:

"应该爬到树上看看……"

"你说得对。"博卡表示赞同,"楚瑙柯什,你上树看看!"

楚瑙柯什灵巧得就像一只猫,迅速爬到了那棵高大的老槐树上。

"看到了什么?"

"桥上有人走动……现在有四个人……现在有两个人回到岛上去了。"

"那说明一切正常。"博卡沉着地应道,"你下来吧,口哨儿声只是意味着他们在桥上换岗。"

楚瑙柯什从槐树上跳下来,三个人继续朝着小山丘的方向匍匐前进。若是在平日里的这个时刻,神秘、偌大的植物园已经沉浸在了静谧之中。闭园铃声响过,游客们就会陆续离开,既不会有人在林中迷路,更不会有谁像这三个黑影一样匍匐在地上研究作战计划。他们缩成一团,从一丛灌木爬到另外一丛灌木下。他们都沉默着,但都清楚自己肩负着重要的使命。说老实话,他们每个人心里多少有些害怕。要想潜入红衫团装备精良的城堡,要想登上位于湖心的那座小岛,的确需要很大的勇气。更不要说,上岛的路只有一条,就是那座有哨兵把守的小木桥。

"站岗的说不定就是帕斯托尔兄弟。"奈迈切克在心里暗想,脑海里又浮现出那些漂亮、精美的彩色弹球,其中还有几颗玻璃珠子。此刻,他又愤怒地想起那天的情景:他刚赢了地上所有漂亮的弹球,就突然听到那个可怕的字眼"Einstand"。

"啊呀!"奈迈切克叫了一声。

另外两人吓了一跳,立刻停止爬行。

"你怎么了?"

奈迈切克已经直起了身子跪在地上,正将整个手指头塞进嘴里用力吸吮。

"你受伤了?"

男孩并没把手指从嘴里拿出,只是嘟囔着应道:

"我踩到了荨麻——用我的手!"

"那你就喔喔,使劲地喔喔,小老弟!"楚瑙柯什揶揄道。

奈迈切克用嘴叼着手帕,将受伤的手指包扎起来。

他们继续匍匐前进,很快就爬到了小山丘的脚下。红衫团在小山丘的一侧修建了一座城堡废墟,他们故意模仿古代城堡的建筑方式,而且在城砖的缝隙里特意种植了青苔。

"这就是城堡废墟。"博卡小声地叮嘱,"在这里我们要格外小心,因为据我所知,红衫团的人经常会来这里。"

楚瑙柯什问:

"这是什么城堡?我们在历史课上怎么从来没有学过,在植物园里居然还有一座城堡……?"

"这是人工修建的城堡废墟,只是装饰而已。"博卡回答。

奈迈切克也笑了起来:

"既然修建,那为什么不修建一座新的城堡?一百年后,它自然会变成废墟的……"

"你的心情也太好了吧!"博卡立即回敬,"要是帕斯托尔兄弟站在你跟前,看你还有没有心情开这种玩笑!"

奈迈切克听出了博卡话里的不悦。他就是这样一个孩子,总是忘记自己身处险境,需要别人不断地提醒。

他们继续朝小山丘的顶上爬去。现在楚瑙柯什爬在最前头。突然,他停了下来,举起右手,扭过头来用颤抖的声音小声说:

"这附近有人！"

他们钻进茂密的草丛里。高高的蒿草将他们瘦小的身影遮挡得严严实实，他们躲在草丛里小心观察着。

"把你的耳朵贴到地面，楚瑙柯什！"博卡轻声发出命令，"印第安人通常用这样的方法听周围的响动。假如附近有人走动，这样很容易就能听到。"

楚瑙柯什服从命令。他趴在地上，将耳朵贴到一块不长草的土地上。但他马上又抬起头来。

"他们来了！"他大惊失色地小声说。

现在，他们即使不用印第安人的方法也能听到灌木丛中窸窣的声响，却不知道是人还是动物。那个不知道是人还是动物的东西正在朝他们这边走来。三个孩子都感到害怕，将脸埋在草丛里。奈迈切克用颤抖的声音小声说：

"我想回家。"

楚瑙柯什没有心情安抚他，只是对他说：

"快点趴下，小老弟！"

看到奈迈切克还是不能鼓起勇气，博卡从草丛里探出头来，正颜厉色地下令：

"士兵，趴在草里不要动！"当然，为了不暴露自己，他压低了嗓音。

对于这道命令，奈迈切克必须服从。他重新趴到草丛里。那个令

人心悸的窸窣声越来越响,但是听上去已经转变了方向,并不是冲着他们来的。博卡从草丛里探出头四下观望,看到一个人影已朝山丘下走去,并且一边走一边用手中的木棍在灌木丛里乱戳。

"他走了,"博卡对匍匐在草丛里的伙伴们说,"是保安。"

"红衫团的人?"

"不,是植物园的。"

听了这话,他们全都松了口气。他们并不害怕成年人。比如看守历史博物馆的那位长着酒糟鼻头、早已退役的国防军老兵,他就不能拿他们怎么样。他们继续匍匐前进。突然,那位保安停下了脚步。

"他发现我们了!"奈迈切克结结巴巴地说。他跟楚瑙柯什望着博卡,等待博卡的指令。

"到废墟里去!"博卡一声令下。

三个人连滚带爬地跑下山丘,回到刚才他们小心翼翼从那里爬上来的地方。城堡的墙上有许多扇小小的尖形拱窗。他们惊愕地发现,第一扇拱窗外有铁栅栏护着,于是蹑手蹑脚地摸到第二扇窗前,那里也装了铁栅栏。最后,他们终于在石头间找到了一个缝隙,钻进一个可以容下三个人的漆黑洞穴。他们屏住呼吸躲在里边。保安的身影从窗前闪过。他们从黑暗中看到,那个人影朝着植物园靠近于律伊大街的方向走去了,想来保安的值班室就在那边。

"谢天谢地,"楚瑙柯什长舒了口气,"我们躲过了一劫。"

他们在漆黑的洞穴里环顾了一圈,什么都看不清楚。这里阴暗潮湿,还散发着霉味,他们仿佛置身一座真正城堡的地下室里。博卡被绊了一下,他弯腰捡起地上的东西。另外两人也凑到他跟前,借着昏暗的光线,他们看清这是一把用木头雕刻而成的战斧,上面糊着银纸,在黑暗中闪耀着令人胆寒的微光。

"这是他们的!"奈迈切克惊惧地说。

"你说得没错。"博卡说,"既然能在这里发现一把,肯定还有更多。"

于是他们开始寻找,果然在一个角落里又找到了七把。他们由此推测,红衫团共有八个成员。

看来,这是他们存放武器的秘密兵器库。楚瑙柯什冒出的第一个念头,就是要拿走这八把战斧。

"不行,"博卡说,"这种事我们不能干。这么做是偷窃。"

楚瑙柯什为自己的想法感到羞愧。

"你现在说话呀,老兄!"奈迈切克趁机揶揄他。博卡捅了一下奈迈切克,他立刻安静了下来。

"咱们别再耽误时间了。我们爬上山去,要爬到山顶!我不希望我们上岛的时候,那里已经没有人了。"

这一大胆的想法,又给他们注入了继续冒险的勇气。他们将战斧胡乱扔到地上,就是为了让红衫团的成员们来到这里时发现有人来过。随后,他们从洞里爬出来,壮起胆子,迈开大步朝山顶走去。从山顶上可以望得很远,他们站在那里,博卡从衣兜里掏出一个小纸包,

剥开包在外面的报纸,取出一副镶嵌珍珠母贝的袖珍望远镜。

"这是齐莱姐姐使用的剧院望远镜。"他边说边举起了望远镜。然而现在,即使用肉眼也能看见那座小岛了。小岛周围的湖水泛着微光,湖里生长着许多水草,湖岸上长满了莎草和芦苇。在岛上茂盛的树木和高高的灌木之间有一点儿光亮。看到这个场景,三个人都变得严肃起来。

"他们还在那里。"楚瑙柯什压低了嗓音说。

奈迈切克被灯光吸引:

"他们还有灯!"

微弱的亮点在岛上不停地移动,时而消失在大树后,时而出现在湖岸上。是有人提着灯在走来走去。

"我觉得,"博卡说,他的眼睛片刻都没有离开望远镜镜头,"我觉得他们正在为什么行动做准备。也许是夜间演习,或者是……"

说到这里,他突然停住了。

"或者什么?"另外两个人焦急地追问。

"天哪,"博卡突然吃了一惊,他更加专注地用望远镜眺望,"那个,那个提着灯的家伙,是……"

"说呀,是谁?"

"那个身影看上去很眼熟,该不会是……"

为了能看得更清楚一些,他们朝更高处走去。那点灯光突然消失在一簇灌木丛后。博卡将望远镜从眼前移开。

"看不见了。"他平静地说。

"那人到底是谁?"

"我不能肯定,因为看不太清楚,我正要仔细辨认时,那个人突然消失了。在没有确定之前,我不想怀疑任何人……"

"你是说,他有可能是我们中的哪个人?"

博卡很不情愿地回答说:

"我想是的。"

"这是叛变!"楚瑙柯什喊道,他一时忘了应该保持安静。

"小点声!只要我们到了岛上,就可以弄清楚一切。现在要有耐心。"

毫无疑问,此刻他们都按捺不住心里的好奇。博卡既不想说出那个提灯的人影看上去像谁,也不允许他们随便猜测,因为在事情没有确定之前,他不愿意怀疑任何人。随后,他们激动地快速下到另一侧

的山脚,又在草丛中手脚并用地匍匐前进,即使他们的手碰到荆棘、荨麻或锐利的石头也毫不在意。三个人继续迅速、无声地向前爬,距离神秘小湖的岸边越来越近。

他们终于摸到了湖岸。那里的莎草、芦苇和灌木丛高得足以能遮挡住他们的身体,因此他们可以站起来了。博卡镇定地吩咐道:

"这附近应该能找到小船。我和奈迈切克沿着湖岸向右走,你,楚瑙柯什,你往左走。我们谁先找到小船,谁就在原地等着与对方会合。"

他们立即分头行动,动作格外小心谨慎,没有弄出丝毫响动。博卡和奈迈切克没走出几步,就在莎草中间发现了一条小木船。

"咱们就在这里等吧!"

他们等着朝相反方向走去的楚瑙柯什。他必须绕到湖的对岸,然后转一大圈才能回到这里。博卡和奈迈切克坐在岸边,抬头望了一会儿星星。然后他们屏住呼吸,竖起耳朵,想听听是否有人在岛上说话。奈迈切克想要在首领的面前表现出机智,提议道:

"对了,"他说,"我可以把耳朵贴到地上听一听。"

"别折腾你的耳朵了。"博卡解释说,"在湖岸边,你再怎么把耳朵贴到地上也没有用。但是,如果你把耳朵贴近湖面,或许能够听到什么。我见过在多瑙河边钓鱼的渔夫,他们弯下腰贴近水面,用这种方式跟河对岸的人交谈。水面能够很好地传递声音。"

于是他们弯腰贴近水面,但是无论怎么听,都听不到清晰的话语,只能听到有人在小岛上走动、低语。这时候，楚瑙柯什终于出现了，他沮丧地说：

“我在哪儿都没有找到船。”

“别这么懊丧，老兄，”奈迈切克安慰他，“船已经找到了。”

他们走到船边。

“咱们现在就坐进去？”

“不行，不能在这里上船。”博卡慎重地考虑了一下说，“我们先把船拖到与桥相背的那片湖岸，我们不能离桥这么近。即使我们被他们发现了，他们要追我们，也得绕一个大圈子。”

对于博卡这个颇有先见之明的主意，另外两人都表示赞同。他们对博卡钦佩不已，他的确是一位胆识过人、能够神机妙算的首领。意识到这一点后，他们的勇气也陡然倍增。随后，博卡问道：

“谁带了绳子？”

楚瑙柯什说他有。楚瑙柯什的衣服口袋就是百宝箱，要什么有什么。不仅有小刀、绳子、弹球、钥匙和笔记本，还有钉子、碎布、螺丝刀和铜质的门把手，没人知道那里面还装了些什么。他掏出一团绳子，博卡把它拴在船尾的一只圆环上。随后他们在岸上拖着小船，小心而缓慢地朝小岛的另一侧走去。他们一边悄悄地拖船，一边警惕地观察着岛上的动静。三个人终于到达了目的地，刚准备登上这条快要散架的木船，忽然又听到一声跟刚才一样响亮的口哨儿。不过，现在他们已经不再害怕，因为他们知道，这声口哨儿不过意味着桥上的哨兵又

要换岗了。他们的体内已充满昂扬的斗志。真正的军人在战争中也是这样：在还没有看到敌人时，心里会莫名恐慌；一旦第一颗子弹从他们的耳边呼啸而过，他们就立刻变得勇敢无畏，甚至忘记了自己是在前线厮杀。

三个男孩坐进小船。第一个上船的是博卡。楚瑙柯什随后。奈迈切克胆怯地在岸边走来走去，犹疑不定。

"来吧，上来吧，小老弟！"楚瑙柯什鼓励他。

"我来了，老兄！"奈迈切克鼓足了勇气。话声未落，他脚下突然打滑，在惊恐中下意识地抓住了一根细细的芦苇秆，甚至没来得及呼救就落入了水中。湖水瞬间淹到了他的脖子，但他不敢叫喊。水其实并不深，他很快从水里站了起来，水从他的身上哗啦啦地流下来，他手里仍紧紧攥着那根芦苇秆，看起来十分可笑。

楚瑙柯什忍不住笑了起来,脱口说道:

"你喝多了吧,小老弟?"

"我没有。"奈迈切克惊魂未定地回答,浑身连水带泥地坐进小船。由于惊吓,他的脸色煞白。

"我没想到今天还需要游泳。"他小声嘟囔。

他们已经不能再浪费时间了。博卡和楚瑙柯什抓住船桨,很快将小船划离了湖岸。负荷过重的小船缓慢行驶在湖面,让平静的湖水泛起层层涟漪。他们将船桨悄然无声地划进水里。四周如此安静,静得可以听到蜷缩在船尾的奈迈切克的牙齿在打战。很快,他们将小船划到了小岛另一侧的岸边。男孩们迅速下船,立即躲到灌木丛后。

"你们看,我们早就应该来这里看看。"博卡说完,开始小心翼翼地在岸上爬行。另外两个人跟在他后面。

"嘿,"博卡忽然想起了什么,扭过头说,"我们不能把船留在这里!要是被他们看到,咱们就别想从岛上逃走了。楚瑙柯什,你留在这里守着船,正好你名字的意思就是'划船的人'。如果小船被人发现,你就把手指头放进嘴里,吹一个响亮的口哨儿,能吹多响就吹多响。我们会马上跑回来,一跳上船,你就赶快把船划离岸边。"

楚瑙柯什回到小船旁边,心里暗喜,说不定他今晚有机会吹一个再响不过的口哨儿……

博卡带着奈迈切克沿着湖岸往前走。那里的灌木长得很高,可以掩护他们。后来,他们在一片更高的灌木丛旁停了下来,拨开浓密的

树叶,望到岛上有一片空地,他们甚至清楚地看到了红衫团可怕的成员们。奈迈切克的心脏开始怦怦狂跳,他下意识地贴近博卡。

"别怕!"博卡附在他耳边小声鼓励他。

空地中央有一块巨石,石头上摆着一盏微亮的烛灯。红衫团的成员们围着烛灯蹲在那里,所有人都穿着红色运动款汗衫。

阿奇·费利的身旁蹲着帕斯托尔兄弟,小帕斯托尔的身边还蹲着一个人,不过那个人没有穿红汗衫……

博卡感觉到奈迈切克在瑟瑟发抖。

"你……"奈迈切克激动得说不出话,只会磕磕巴巴地说,"你……你……你……"

他费了好大气力,终于小声地问出来:

"你看见了吧?"

"看见了!"博卡伤心地说。

原来,跟红衫团成员们蹲在一起的那个人是盖列伯。也就是说,刚才博卡从山丘的高处朝这边眺望时,他并没有猜错。那个提着灯走来走去的人的确是盖列伯。现在,他们目不转睛地观察红衫团的队伍。烛光怪异地照在帕斯托尔兄弟黝黑的脸上和其他人穿的红汗衫上。所有人都聚精会神地听着,只有盖列伯一人在轻声地讲话。似乎大家对他讲的事情都很感兴趣,因为每个人都抻长了脖子安静地听着。盖列伯说:

"……可以从两个方向进到空场……当然可以从帕尔街的那边攻

进去,不过从那边进攻不是很容易,因为按照规定,每个人进去后都必须把门闩上。另一个门开在玛利亚街,蒸汽锯木材加工厂的大门就开向那里。从那里进去,穿过木垛就可以到达空场……不过从那边进去也很难,因为那里建有防御工事,木垛间小道的每个关卡都有碉堡防御……"

"这个我知道。"阿奇·费利用低沉的嗓音打断了他。这个嗓音让帕尔街男孩们毛骨悚然。

"对,你知道。因为你已经去过那里。"盖列伯接着说,"每座碉堡都有哨兵站岗,一旦有人接近木垛,他们就会发出信号……所以,我也不建议你们从那边进去……"

原来红衫团的人想要攻占空场……

盖列伯继续说:

"最好的办法是,咱们事先商量好你们什么时候来,我最后一个进到空场时不把门闩上,给你们留着门。"

"很好!"阿奇·费利表示赞许,"这是一个好主意!我们不会趁空场里没人的时候攻占那里。我们要打一场正规战,短兵相接。如果他们能够守住那片阵地,说明他们厉害。如果守不住而被我们占领,那就将我们的旗帜插上去。我们之所以这么做,并非出于贪婪,你们知道……"

帕斯托尔兄弟中的一位接过了话茬儿,大声说:

"我们这么做,是为了能有一个踢球的场地!在岛上我们没办法

踢球,而在艾斯特哈兹街上,总是要为踢球的场地而争吵……我们需要一个属于自己的球场,就是为了这个目的!"

原来如此!他们之所以要发动这场战争,跟历史上真正的军队发动战争的原因没什么两样。红衫团的人需要找一个地方踢球,但通过别的方式无法获取,所以想挑起战争直接争夺。

"那好,我们一言为定!"红衫团的首领阿奇·费利果断地说,"你帮我们留着开向帕尔街的小门。"

"是!"盖列伯承诺。

可怜的奈迈切克听到这些对话,心里痛楚万分。他穿着湿透的衣服站在那里,瞪大了眼睛盯着围坐在烛光旁的红衫团成员和坐在他们中间的那个可耻叛徒,当盖列伯的嘴里说出"是"这个字时,他伤心地哭了。因为这个字表明:盖列伯心甘情愿地出卖了同伴和那块空场。他禁不住搂着博卡的脖子,小声地抽泣起来。

博卡轻轻地推开了他:

"现在我们再哭也解决不了问题。"

其实,博卡感觉喉咙也像被什么东西堵住了。盖列伯在这里做下的无耻勾当,让他感到愤怒和悲伤。

就在这时,阿奇·费利说了一句什么,红衫团的成员们随即站了起来。

"我们现在解散回家!"阿奇·费利说完,又问,"每个人都有武器吗?"

"有！"所有人齐声回答,并从地上捡起木头做的长矛,长矛的一端贴着一面红色的小旗子。

"出发！"阿奇·费利发出命令,"去灌木丛那边,把你们的武器在那里藏好。"

所有人都迈开了脚步,阿奇·费利走在最前面,他们朝着小岛的深处走去。盖列伯也跟着他们一起去了。现在那片不大的空地上空无一人,在中央的那块大石头上,蜡烛还在燃烧。红衫团的脚步声渐远,他们去灌木丛的深处藏他们的长矛去了。

博卡轻轻动了一下。

"马上行动！"他附在奈迈切克的耳边说,同时把手伸进了衣兜。

他掏出那张红纸,上面别着一枚图钉。他拨开灌木茂密的枝叶,嘱咐身后的金发小男孩说:

"你等在这里！别动！"

博卡三步并作两步地跨进那片空地,就在几分钟前,红衫团的成员们还围坐在那里。奈迈切克盯着博卡的背影,紧张得快不能呼吸了。空地边有一棵大树,那棵树的树冠形如巨伞,几乎撑起了整座岛的荫凉。说时迟那时快,转眼间,博卡已将那张红纸钉在了粗大的树干上。然后,他迅速走到大石头前,打开玻璃灯罩的小窗,往里面吹了一口气。蜡烛熄灭,博卡的身影在奈迈切克的视野里突然消失了。还没等奈迈切克的眼睛适应黑暗,博卡已经站到了他身旁,抓住他的胳膊。

"赶快跟着我跑！能跑多快就跑多快！"

他俩拔腿朝着停在湖边的小船跑去。楚瑙柯什一看到他们，立即跳上船，抓起船桨抵住湖岸，准备随时撑船离开。两个男孩纵身跳到船上。

"可以走了！"博卡气喘吁吁地说。

楚瑙柯什立即用力撑桨，可是小船纹丝未动。原来，刚才小船停靠的时候速度过快，使得一半的船身冲到了湖滩上。现在必须有人下船抬起船尾，然后把小船推进水里。就在这时，从空地方向传来一阵嘈杂声，红衫团的人已经藏好武器回到了空地，发现大石头上的蜡烛已经熄灭。起先，他们以为是蜡烛是自然熄灭的，但阿奇·费利检查后，发现玻璃灯罩上的小窗是开着的。

"有人来过这里！"他嗓音洪亮地喊道。他的喊声是那么大，连正在跟小船较劲的男孩们也听得一清二楚。

红衫团的成员们重新点燃蜡烛，钉在树上的那张红纸立即映入他们的眼帘。毫无疑问，帕尔街的男孩们来过这里！红衫团的人惊得面面相觑。阿奇·费利大声喊道：

"既然他们来过这里，肯定还在附近！赶快追！"

他吹了一个响亮的口哨儿。哨兵立即从桥上跑过来，他们报告说不可能有人通过木桥上岛。

"他们是划船过来的！"小帕斯托尔说。

搁浅的小船还没能入水，三个男孩听到这句话更紧张了，随后又听到红衫团的首领厉声下令:"追上他们!"

就在这时,楚瑙柯什终于将小船推进了湖水里,然后飞身上船。他们抓起船桨,立即奋力向湖对岸划去。

阿奇·费利扯着嗓子发出指令:

"文道尔,你爬到树上,看看他们在哪儿!帕斯托尔兄弟,你们赶紧过桥,一左一右沿着湖岸包抄,一定要抓住他们!"

博卡意识到,他们将被包围。即便再划四五下桨,小船就能靠岸了,但是分头包抄的帕斯托尔兄弟很可能会赶到他们前头。现在无论向左划还是向右划,他们都无路可逃。即便他们能够赶在帕斯托尔兄弟的前边靠岸,爬到树上的红衫团哨兵也会发现他们,知道他们往哪个方向逃。他们从船上看到,阿奇·费利拎着灯在湖岸上奔跑。随后,他们听到帕斯托尔兄弟咚咚的脚步声,他们已经奔上木桥,朝岛外跑去……

不过万幸的是,就在哨兵刚爬到树顶时,他们的小船靠岸了。

"他们正在靠岸!"文道尔在树上报告说。阿奇·费利立即用指挥官式的果决语气大声命令道:

"所有人都去追!别让他们跑掉!"

帕尔街的三个男孩正在拼命飞奔。

"决不能让他们追上我们!"博卡边跑边说,"他们的人数比我们多多了!"

他们跨过小路,穿过草坪,继续奔跑。博卡跑在前头,另外两个人

61

紧随其后。他们径直向暖房跑去。

"我们去暖房!"博卡气喘吁吁地跑到玻璃暖房的一扇小门前。幸运的是,那扇门开着,他们溜了进去,躲在一棵大柏树后。暖房外寂静无声,追捕他们的人并没有赶到。

三个人在这里休息了一会儿,环视了一圈这幢高大、奇特的建筑物。城市之夜的微光透过玻璃棚顶和玻璃墙照进来,使巨大的玻璃房子显得神秘而有趣。他们身处暖房建筑的左翼,隔壁是宽敞的中央展厅,然后是右翼。这里到处摆着硕大的绿色陶瓷花盆,有的花盆里栽着叶子宽大、树干粗壮的热带植物,而在一些长方形的花盆里,生长着各种蕨类植物和含羞草。在中央展厅的玻璃棚顶下,耸立着许多株扇形阔叶的棕榈树,好似由南方植物组成的一片小森林。"森林"中央有一个养着金鱼的小水池,池边摆着几张长椅。这里还种着玉兰树、月桂树、橘子树和巨型的蚌壳蕨,这些均是芳香类植物,空气中弥漫着浓郁的芳香,香气浓得能让人窒息。玻璃暖房是用蒸汽保暖的,不时有水滴从棚顶滴落。一颗颗水珠打在宽大的绿叶上,听到有节奏的滴答声响,男孩们产生了奇特的幻觉,以为看到了千奇百怪的热带动物。这些动物在闷热、潮湿的雨林里,在绿色的陶瓷花盆间钻来走去,时隐时现。他们待在这里很安全,但同时心里也开始琢磨:什么时候才能从这里逃出去?

"咱们千万别被人锁在这个暖房里。"奈迈切克忧心忡忡地小声说。他精疲力竭地坐在一棵高大的棕榈树下,他喜欢这个有供暖系统的地方，因为他浑身早已湿透，冷得打寒战。

博卡安慰他：

"既然门这么晚还没有锁，那么等会儿也不会再锁的。"

于是他们坐在那里，竖起耳朵听外面的动静。他们听不到任何响动，看来那帮家伙没有想到该来这里搜查。他们站起身来，开始在摆满绿色灌木、芳香类花草和大朵花卉的架子间踱步，左看右看。忽然，楚瑙柯什不小心撞到了一个架子，摔了一跤。奈迈切克立刻想要帮助他。

"别动！"奈迈切克说，"我来给你照个亮。"

博卡还没有来得及阻止，奈迈切克已经从口袋里掏出一盒火柴划着了一根。火柴刚点燃就熄灭了，是博卡迅速将火柴打落在地。

"你疯了吗?！"他恼火地责怪，"你忘了自己是在玻璃暖房里吗？这里的墙壁都是玻璃的……现在他们肯定已经看到了火光！"

三个人一动不动地听着外面的响动。博卡的判断是对的。刚才那一瞬，火光将整座玻璃房都照亮了，红衫团的人已经看到了暖房里的光亮。没过多久，他们就听到了踏在外面卵石路上的咯吱咯吱的脚步声，红衫团的成员们正朝左翼的小门跑去。随后，三个人听到敌军首领阿奇·费利又下了一道命令：

"帕斯托尔兄弟守在右翼的小门。塞拜尼奇守住中间那扇门，我守在这里。"

帕尔街的男孩们立即找地方躲藏起来。楚瑙柯什钻到了一个花架

下。至于奈迈切克,既然他已经浑身湿透,博卡索性让他跳进了金鱼池,将下巴以下都潜在水里,将头隐在宽大茂密的绿叶之下。博卡已经没有时间寻找隐蔽的地方,他灵机一动,躲到了敞开的玻璃门后。

就在这时,阿奇·费利在几位成员的簇拥下,拎着烛灯走进来。烛光映在玻璃门上,博卡可以清楚地看到阿奇·费利,但阿奇·费利却看不到躲在门后的博卡。博卡仔细打量着这位红衫团首领,之前他只是在历史博物馆的花园里见过他一次。阿奇·费利是个很英俊的少年,而此刻,战斗的欲望使他的两眼炯炯发光。但他很快从博卡的身边走过,跟着其他人走遍了暖房内的每条通道,并且检查了左翼展厅的花架下面。没有人想到该去检查一下金鱼池。楚瑙柯什险些就被他们发现,幸运的是,正当那些人准备查看他藏身的那个花架时,那个叫塞拜尼奇的男孩突然说:

"这些家伙早就从右边的那扇门逃走了!"

塞拜尼奇说罢,转身奔向右翼的小门。其他人也都追捕心切,想也不想地跟着他冲了过去。他们在暖房里穿行时,碰倒了架子上的几个花盆,接连发出沉闷的声响。很快,红衫团的人离开了这里,暖房内重又安静了下来。楚瑙柯什第一个爬了出来。

"弟兄们,"他抱怨说,"有一个花盆刚好砸到我的脑袋,弄得我全身都是土……"

他的嘴里和鼻子里进了很多泥,他赶紧用力地又吐又擤。第二个爬出来的是奈迈切克,他看上去就像一头水怪,这个可怜的孩子再一次浑身淌水。他用一副哭腔抱怨道：

"难道我一辈子都要泡在水里过吗？我成了什么？是一只青蛙吗？"

他抖了一下身子，活像一只被雨水浇透了的狮子狗。

"好了，别哭了！"博卡劝他，"现在我们可以走了，今晚的冒险活动到此为止。"

奈迈切克叹了口气：

"我真希望现在已经回到了家里！"

而一个可怕的念头攫住了他。假如父母看到他这样浑身湿透，还不知道会怎么教训他呢。于是他马上改口说：

"其实，我也不是特别想回家！"

他们朝着院墙边的那棵大槐树跑去，刚才他们就是从那里翻墙进来的。几分钟后，他们跑到了树下。楚瑙柯什迅速爬到树上，就在他要跨上墙头之前，扭头望了一眼。随即他惊恐地大叫：

"糟了，他们追过来了！"

"赶快回到树上！"博卡说。

楚瑙柯什转身回到树上，并帮两位同伴也爬了上来。他们尽量往高处爬，直到树枝的承受力接近极限。想到差点儿就能逃脱时被人捉住，他们心里甚是懊丧。

红衫团的成员们大声喊叫着追到树下。帕尔街的三个男孩屏息静气地蜷缩在树顶，就像栖息在浓密枝叶间的三只大鸟。

就在这时,塞拜尼奇又开口了,刚才就是他在玻璃暖房里"愚弄"了他的伙伴们:

"我看到他们翻墙过去了!"

看来,塞拜尼奇是红衫团里最愚蠢的一个。正如俗语所说:最愚蠢的家伙也最喜欢咋呼。所以他一直叫个不停。红衫团的成员个个都是出色的体操运动员,眨眼间他们就从围墙上翻了出去。阿奇·费利负责断后,他在翻墙之前吹灭了蜡烛。他也是从这棵大槐树爬到围墙上的,但是他怎么都没有想到:就在这棵树上,还藏着三只"大鸟"呢!

奈迈切克就像漏水的房顶,身上不停地向下滴水。甚至有几滴水落到了阿奇·费利的脖颈儿上。

"下雨了?"阿奇·费利一边擦着脖颈儿一边自言自语。随后,他也纵身跳到了街上。

"他们往那边跑了!"这时候,从街上传来那个熟悉的声音,又是愚蠢的塞拜尼奇。所有人都朝着他指的那个方向拔腿追去。这次,塞拜尼奇又搞错了。

"要是没有这个塞拜尼奇,我们早就被他们抓住了。"

现在,他们看着那帮家伙远去的背影,感觉已经摆脱了红衫团的追捕。此刻,红衫团正在一条小巷里扑向两个静静散步的男孩。那两个男孩被吓坏了,也开始奔跑起来。一阵呐喊声撕破了夜空,红衫团的成员们发疯般地猛追。喧嚣声渐渐远去,最后消失在尤若夫城区的某条小巷里……

他们从围墙上爬下来,长舒了一口气,再次踏到了街道的地砖上。一位老妇人步履蹒跚地朝这边走来,过了一会儿,街上的行人多了起来。他们感觉又置身于城市之中,在这里不会发生任何意外。他们又累又饿。不远处的孤儿院里,晚餐的铃声响了。

奈迈切克打了一个寒战。

"我得赶快回家!"他说。

"等一下!"博卡叫住了他,"你乘有轨马车回家吧,我给你钱!"

博卡说着将手伸进外套的口袋,但又定住了:他兜里除了有三枚铜币和那只漂亮的、正欢快地向外渗墨水的墨水瓶外,再没有别的东西。他把染了墨水的三枚铜币递给奈迈切克:

"我只有这么多钱。"

楚瑙柯什的兜里也有两枚铜币。值得庆幸的是,奈迈切克随身带着的小药盒里还有一枚可爱的铜币。就这样,他终于凑齐了六个铜币,坐上了有轨马车。

博卡站在街上,脑子里想的都是盖列伯的背叛。他难过地站在那里,沉默不语。不过,楚瑙柯什还不知道有人叛变的事,所以他的心情很好。

"你看,老兄!"他说。

当博卡刚扭过头来看他时,楚瑙柯什将两根手指放进嘴里,吹了一个十分响亮的口哨儿。随后他环顾四周,似乎对这声口哨儿感到很得意。"我已经憋了整整一个晚上,"他高兴地说,"现在终于如愿以偿

了,老兄!"

他边说边挽住博卡的胳膊。在经历了那么多紧张刺激的事件后,他们疲惫不堪地沿着长长的于律伊大街朝市中心走去……

第四章

教室里的钟再次敲响:一点钟了!男孩们开始手忙脚乱地收拾书本。拉茨老师也将课本合上,从讲台上站起身来。一向殷勤的岑戴尔立刻从第一排跳上讲台,帮助老师穿上外套。坐在教室不同位置的帕尔街的男孩们相互对视,等待博卡的指示。他们知道,今天下午两点钟在空场上开会,三位先遣队成员要向大家汇报昨晚在植物园的冒险经历。所有人都知道,这次行动是成功的,帕尔街男孩们的首领率人勇敢地"回访"了红衫团的营地。但是他们对行动中的细节更感兴趣,比如,三个人遇到了什么样的危险?具体是怎样脱险的?博卡对此守口如瓶,只字不提。楚瑠柯什则把事情讲得天花乱坠,惊险异常:他们在植物园的城堡废墟里遇到了野兽,奈迈切克险些在湖中溺水,红衫团的成员们围坐在熊熊的篝火旁……总之,他顺嘴胡说,但偏偏把最重要的内容忘得一干二净。他还时不时地吹响口哨儿,把听众的耳朵

都快要震聋了。他将口哨儿当作一句话的句号,每说完一句,都要吹上一声。

奈迈切克认为自己在昨天晚上的行动中扮演了重要角色,因此格外认真地严守秘密。如果有谁问他,他都会这样回答:

"现在我什么都不能讲。"

或者这样回答:

"你们去问主席吧!"

其他人都很羡慕奈迈切克,他作为士兵,居然参与了一场如此神奇的冒险。中尉和少尉们甚至觉得,自从这位唯一的士兵亲历了昨晚的冒险,他们在他面前都变得渺小起来了。还有人说,这个金发的小男孩肯定能晋升为军官,这已经不需要任何其他的理由。如果真是这样,那么整个空场上,除了斯洛伐克人扬诺和那只大黑狗海克托,再没有别的士兵了。

在拉茨老师走出教室之前,博卡就向帕尔街的男孩们竖起两根手指,表示大家两点钟准时在空场上开会。博卡打完这个手势,帕尔街的男孩们都会向他敬礼,表示理解了主席发出的指令,这让其他同学对他们十分嫉妒。

就在大家准备离开教室时,出现了意料之外的情况。

拉茨老师并没有走,而是站在了讲台上。

"请大家等一下!"他说。

教室里顿时安静下来。

老师从外套的口袋里掏出一张字条。他戴上眼镜,开始读字条上写的名字:

"维斯!"

"到!"维斯吃惊地应道。

拉茨老师接着又念了一串名字:

"里希特!齐莱!科尔纳伊!鲍劳巴什!莱西克!奈迈切克!"

所有人依次回答:

"到!"

老师将字条揣回兜里,慢条斯理地说:

"你们先不要回家,跟我到办公室去一趟!我有件小事跟你们谈。"

说完他就走出了教室,并没有对这个突如其来的奇怪邀请做任何解释。

大家七嘴八舌地开始议论,教室里乱糟糟的。

"他为什么叫我们去办公室?"

"为什么留下我们,不让我们回家?"

"他想让我们干什么?"

被点名的同学面面相觑,表示不解。因为被留下来的人都是帕尔街的男孩,于是他们聚集到博卡身边。

"我也不知道这是怎么回事!"博卡说,"你们去吧,我在走廊里等你们。"

"另外,我们三点钟在空场上见,不是两点!"

学校宽大的走廊里挤满了人,其他班级的男生也围了过来,若在平时,走廊里通常很安静,现在则响起纷乱的脚步声。每个人都行色匆匆。

"你们要被关禁闭吗?"人群里有一个男生忧心忡忡地问。在教师办公室门前,黑压压地聚集了一大群人。

"不会的!"维斯骄傲地回答。

男生转身跑掉了。被留下的孩子们羡慕地望着他的背影,现在他可以放学回家了……

几分钟的等待之后,教师办公室的门终于打开了。在嵌着乳白色玻璃的门后,出现了拉茨老师瘦高的身影。

"进来吧!"拉茨老师说完就朝屋里走去。

教师办公室内没有别人。在一片沉寂中,孩子们一言不发地围站在一张绿色的长桌旁。最后一个进来的人,很懂礼貌地带上了屋门。拉茨老师端坐在写字台后,用目光扫了一下孩子们:

"所有人都到齐了吗?"

"到齐了。"

从楼下院子里传来其他同学匆忙回家的喧哗声。老师叫他们把窗户关上,现在这个摆满了书的宽敞房间安静得令人害怕。拉茨老师开口说:

"据我所知,你们成立了一个什么协会,叫什么'腻子协会',是这样吗？有人给了我一份这个协会的名单，所以我知道了这件事。你们都是这个协会的成员。对吗？"

没有人回答。所有人都耷拉着脑袋，一声不吭地站着，表明这项指控是对的。

拉茨老师接着又说：

"我按顺序问吧。首先我想知道这个协会是谁发起的。你们知道，我曾明确说过，我不容许任何人在学校里成立任何协会。"

又是一阵沉默。

一个战战兢兢的声音说：

"是维斯。"

拉茨老师目光严厉地看着维斯：

"维斯！难道你不能自己主动承认吗？"

维斯怯生生地回答：

"是的，我能。"

"那你为什么没有承认？"

可怜的维斯缄口不语。

"那你一个问题一个问题地回答我！首先，请你告诉我，腻子是什么？"

维斯掏出一块油灰放到桌上，盯着它看了很长时间，然后用微弱得几乎听不到的声音回答说：

"这就是腻子。"

"这是什么东西?"拉茨老师问。

"一种材料。玻璃工用它将玻璃固定在窗框里。玻璃工将腻子抹到窗框上,但我们能用手把它抠出来。"

"这都是你抠的?"

"不,不是。这是整个协会的腻子。"

拉茨老师惊愕得瞪大了眼睛。

"这话什么意思?"

这会儿,维斯的胆子已经大了一点儿。

"这是我们协会的成员一起攒的。"他说,"执行委员会委托我来保管。之前是交给科尔纳伊保管,他任财务总管,但是油腻子在他手里变干了,因为他从来不嚼。"

"什么?这东西要嚼?"

"是啊,如果不嚼,它就会变硬,就不能再抹了。我每天都会嚼它的。"

"为什么非得你来嚼?"

"因为按照协会的基本章程,会长必须每天嚼一次腻子,否则它会变硬的……"

维斯撇着嘴,哽咽着说:

"现在我是会长……"

气氛变得严肃起来。拉茨老师严厉地问道:

"你们从哪里搞到这么大一块腻子?"

一阵沉默。

拉茨老师盯着科尔纳伊："科尔纳伊！你们从哪里搞到它的？"

科尔纳伊急忙坦白，似乎想借此缓解气氛：

"是这样，老师，这件事已经有一个月了。我总共嚼了一个星期，当时还没有这么多。第一块腻子是维斯带来的，所以我们成立了这个协会。那是他跟他爸爸一起坐马车时，他从车厢的窗户上抠下来的。他的手指甲都抠出了血。后来，音乐课教室的窗玻璃碎了，我去那里等玻璃工，等了整整一个下午，傍晚五点钟玻璃工才到。我跟他搭讪，想跟他要一小块腻子，但是他没回答，因为他当时没办法说话，他嘴里塞满了腻子。"

拉茨老师严肃地皱起了眉头：

"你这说的叫什么话？"

"嗯,我的意思是说,他嘴里确实塞满了腻子。他也在嚼。然后,我走了过去,想请他同意让我看看他是怎么装玻璃的。他打了个手势表示允许。我看着他装好玻璃,关上窗户,然后他就走了。等他走了之后,我把刚抹在玻璃上的腻子抠下来带走了。但我不是为我自己拿的,是为了协会……为了……协……协会……"他也哭了。

"别哭!"拉茨老师说。

维斯揪着外套的衣角,慌乱之中说了一句他认为该说的话:

"他马上就会大哭……"

但科尔纳伊只是上气不接下气地抽泣着。维斯附在他耳边小声说:

"千万不要哭出来!"

可他自己却忍不住大哭起来。这哭声感动了拉茨老师。这时,站在第一排的齐莱跨了出来,他勇敢地站到老师跟前,就像那天博卡在空地上所做的那样,用铿锵有力的声调承认:

"对不起,老师,我也为协会提供过腻子。"

他神色坦然地看着老师的眼睛。拉茨老师问他:

"你从哪里搞来的?"

"从我家里。"齐莱回答,"我打破了家里给鸟洗澡的玻璃缸,我妈妈请人将它修好,我立刻把腻子抠了下来。所以,曼蒂洗澡的时候,水都流到了地毯上。我不明白,他们为什么要给小鸟洗澡?麻雀从来不洗澡,但也不脏啊。"

坐在椅子上的拉茨老师微微欠了欠身,调侃道:

"看来你的心情不错啊,齐莱,等一会儿我们再聊。科尔纳伊,你接着说!"

科尔纳伊不停地抽泣,他擦了一下鼻子问:

"接着说什么?"

"其他的油灰是从哪里搞来的?"

"嗯,齐莱刚才也说了……还有一次,协会给了我六十枚铜币,让我搞来一些。"

听到这话,拉茨老师的脸阴沉了下来:

"你们还会花钱去买?"

"不,没有买。"科尔纳伊连忙解释,"我父亲是医生,他每天搭乘出租马车去给病人看病。有一次他出诊也带我去了,我就从马车的窗户上抠下一块腻子,那块腻子非常软。后来,协会凑了六十枚铜币给我,让我去乘同一辆马车,再抠一些腻子回来。我下午就去了,一直坐到公务员小区,把四扇窗户上的腻子全都抠了下来,然后步行回的家。"

拉茨老师突然想起了什么:

"有一次我在国防学院附近遇到了你,就是那天对吧?"

"对。"

"当时我叫你,你没有回应。"

科尔纳伊低下了头,一脸窘态地说:

"当时我满嘴都是腻子。"

科尔纳伊又开始哭泣。维斯又紧张起来,他揪扯着衣角,尴尬地重复了一句:

"他马上就会大哭……"

而他自己又忍不住大哭起来。拉茨老师站起身来,在办公室里来回踱步,摇摇头说:

"你们这个可爱的小团体。会长是谁?"

听到这句问话,维斯顿时把伤心忘到了脑后。他止住了哭泣,自豪地回答:

"是我!"

"谁是财务总管?"

"科尔纳伊!"

"那你把剩下的钱交出来!"

"好的。"

科尔纳伊说完,立即将手伸进了外套口袋。他的兜并不比楚瑙柯什的小多少。他开始在兜里摸索,陆续把装在里面的东西都掏了出来,摆到桌上。最先掏出来的是一个福林和四十三个铜币,然后是两枚面值五个铜币的邮票、一张信笺、两张印花税票、八支新笔和几个彩色弹球。老师看到钱后,神色变得阴郁起来:

"钱是从哪儿来的?"

"会费。我们每人每星期交十个铜币。"

"要钱做什么？"

"既然是协会，总得交会费吧。维斯放弃了会长的薪酬。"

"薪酬多少？"

"一星期五个铜币。邮票是我拿来的，信笺是鲍劳巴什的，印花税票是里希特……从他父亲那里拿来的……"

拉茨老师严厉地打断了他：

"是偷来的吧？对不对？里希特？"

里希特也站了出来，眼睛盯着地面。

"是你偷来的吗？"

里希特默默点了点头，承认了。拉茨老师摇摇头说：

"这简直是堕落！你父亲是做什么的？"

"里希特·埃尔诺博士是公诉律师和票据律师。但是我们协会后来偷偷地把税票还上了。"

"怎么个还法？"

"因为我从我爸爸那里偷了一张印花税票，后来感到很害怕，协会就给了我钱，我就另买了一张税票，偷偷放回爸爸的写字台上。没想到爸爸捉住了我，并不是在我偷税票时，而是在我放回去时，我差点儿被揍扁了……"看到老师严厉的目光，里希特立即改口，"他为此揍了我一顿，当我放回去时，他问我是从哪里偷来的。但我并不想说，如果我说出来，还会挨揍的，所以我说我是从科尔纳伊那里拿到的，随后他说'你赶紧还给科尔纳伊，他肯定也是从什么地方偷来的'。所以我把税票给了科尔纳伊,因此协会现在有两张税票。"

拉茨老师听后陷入了沉思。

"你为什么要买一张新的税票?你完全可以把旧的那张还回去呀?"

"那不行,"科尔纳伊替里希特解释,"因为税票后面已经盖了协会的图章。"

"你们还有图章?图章在哪儿?"

"在鲍劳巴什那儿,他是图章管理员。"

现在轮到鲍劳巴什交代了。他站了出来,狠狠地瞪了科尔纳伊一眼。他俩总是合不来,那天因为帽子的脏腻度在空场上发生的争执他至今没忘……可是现在他别无选择,只得将一枚橡皮图章连同一个装印泥的小铁盒一起掏出来,乖乖地放到老师的桌子上。拉茨老师拿起图章仔细看了一下,上面刻着:

腻子收藏家协会，布达佩斯，1889。

拉茨老师忍不住笑了，又摇了摇头。鲍劳巴什鼓起勇气将手伸向桌子，想要取回图章。但是拉茨老师将手放到了图章上。

"你想干什么？"

"我很抱歉。"鲍劳巴什耿直地说道，"我曾经发誓要用自己的生命保护这枚图章，所以不能从我手里把它交出去。"

拉茨老师将图章揣进了自己的衣兜。

"安静！"他说。

但此时的鲍劳巴什已经无法保持安静了。

"既然这样，"他不服地说，"那就请把齐莱手里的那面会旗也一起收走吧！"

"什么？你们还有会旗？马上交出来！"拉茨先生立即转向齐莱说。

齐莱从兜里掏出一面用铁丝做旗杆的小旗子。跟空场上的旗帜一样，这也是他姐姐缝制的。通常来讲，这类手工缝纫的活计孩子们都交给齐莱的姐姐做。这面会旗是红、白、绿三色，上面写着：

腻子收藏家协会，布达佩斯，1889。
我们发誓，我们不再做奴隶！

旗子上的这句誓言,摘自裴多菲的名诗《民族之歌》,只是其中有一个单词少写了一个字母"b",拉茨老师沉吟片刻,然后问道:

"嗯,是谁把'tovább'错写成了'továb'?这是谁写的?"

没有人回答。拉茨老师又大声将问题重复了一遍。

"这是谁写的?"

齐莱认真地考虑了一下。他在心里暗想,为什么要让他的伙伴继续陷入困境呢?即便这个词是鲍劳巴什写错的,但为什么要让鲍劳巴什忍受这样的折磨?于是他很认真地回答:

"是我姐姐写错的,老师。"

说完后,他深吸了一口气。尽管这么做违背了诚实的原则,但是他保护了自己的伙伴……拉茨老师听了没说什么。孩子们开始七嘴八舌地议论起来。

"鲍劳巴什出卖了会旗!这太不光彩了!"科尔纳伊恼火地说。

鲍劳巴什为自己辩解:

"你别总跟我过不去!既然连图章都从我的手里被拿走了,这个协会说什么也不可能存在下去。"

"安静!"拉茨老师打断了男孩们的争论,他说,"这个问题我来帮你们解决。现在协会已经解散,以后不要让我再听说你们卷入类似的组织!在品行方面,你们所有人的得分都将是 B,但维斯是 C,因为他是会长。"

"对不起!"维斯用温和的语调解释说,"今天正好是我当会长的最后一天。今天本应召开大会,我们会提名别人当这个会长!"

"我们提名科尔纳伊!"鲍劳巴什不怀好意地笑道。

"对我来说,你们谁当会长都一样。"拉茨老师说,"明天你们所有人都必须在这里待到两点钟。我会帮你们解决这个问题。现在你们可以走了!"

"再见!"大家齐声喊道。所有人立即迈开了脚步,而维斯想要趁乱拿回那块油灰,但是被老师发现了。

"你还不快走?!"

维斯的脸上浮现出哀求的表情:

"我们不能把腻子拿走吗?"

"不能!如果谁手里还有,也要立即交出来!不然的话,一旦让我知道,会加重处罚!"

话音刚落,莱西克向前跨出一步。在此之前,他一直沉默得像一条鱼。他从嘴里取出一块腻子,用脏兮兮的小手把它粘到那一大块油灰上。看得出来,他心里很难过。

"再没有了吗?"

莱西克没有回答,只是张大了嘴巴,表示真的没有了。拉茨老师转身去取帽子。

"不要让我再听说你们成立什么协会!赶快回家去吧!"

孩子们一言不发地陆续离开了办公室,只有一个人说了声"再见"。

这是莱西克说的,刚才大家齐声道再见时,他的嘴里正嚼着腻子。

老师走了,走廊里只留下被解散的"腻子协会"的会员。男孩们伤心地望着彼此,感到无可奈何。科尔纳伊对一直等待他们的博卡讲述了刚刚被传讯的情况,博卡如释重负地松了口气。

"把我吓坏了,"博卡说,"我还以为有人出卖了空场……"

这时候,奈迈切克走到他们中间,神秘地说:

"你们看……在你们接受盘问时,我就站在窗前……那是一扇新窗户……而且……"

他拿出一块刚从窗框上抠下的新腻子给大家看,顿时引来大家惊异的目光。

维斯的眼睛闪闪发亮。

"既然有了腻子,咱们的协会也就复活了!我们将在空场上召开大会。"

"空场上见!空场上见……"其他人都激动地应和着。所有人都迫不及待地往家赶。帕尔街的男孩们齐声呼喊他们的口号,走廊里响起清晰的回声：

"嗨呼,嗨！嗨呼,嗨！"

只有博卡一个人迈着缓慢的步子走在最后边。他的心情很不好,脑子里不断闪现着盖列伯——那个可耻的叛徒——提着一盏灯走在植物园小岛上的画面。他心事重重地走在回家的路上。吃过午饭,他开始为第二天的拉丁语课做准备。

刚到两点半,腻子协会的成员就已经聚集到了空场上。鲍劳巴什还没吃完饭就火急火燎地赶来了,嘴里还嚼着一大块面包。他在空场门口等着科尔纳伊,准备用手指使劲地敲敲科尔纳伊的脑袋,因为他觉得对方干了太多可恨的事。

当所有人到齐后,维斯把大家召集到木垛中间。

"我宣布会议开始。"他一本正经地宣布。

科尔纳伊的脑袋被敲了一下,他也回敬了鲍劳巴什一下。科尔纳伊认为,即便老师发布了禁令,但协会还是应该办下去。

鲍劳巴什则怀疑他的真实动机：

"他之所以这么说,是因为轮到他当会长了。说老实话,我对这个腻子协会已经受够了！你们每个人轮流当会长,我们却只能白白地嚼腻子。我实在受不了了。嘴里总含着这样黏糊糊的东西,就不能换一个别的什么吗？"

现在,奈迈切克也想发表意见。

"我想发言！"他对会长说。

"秘书长想要发言。"维斯严肃地说,并摇了一下他花两枚铜币买来的小铃铛。

奈迈切克刚想要发言,却又把话咽回到肚子里。他看到盖列伯站在一个木垛旁。在场的这几个孩子里,除了他,还没有人知道盖列伯背着大家干的可耻勾当。就在令人震惊的昨晚,他和博卡一起看见了他!此刻,盖列伯正鬼鬼祟祟地穿过木垛间的一条小道,径直朝小木屋跑去,扬诺和大黑狗住在里面。奈迈切克觉得,他有责任盯住这个叛徒,必须监视他的一举一动。博卡说过,在他到来之前,不要让空场上的其他人知道他俩昨晚在岛上看到了盖列伯跟红衫团的人坐在一起。要让盖列伯觉得,没有人知道他不可告人的秘密。

然而,这家伙此刻出现在这里,而且神色慌张。奈迈切克暗想,无论如何他都必须弄清楚,盖列伯为什么要去找扬诺。于是他对维斯说:

"谢谢会长,但我还是等一会儿再发言吧。我忽然想起,我还有件急事需要马上去做。"

维斯又摇响了他的铃铛:

"秘书长等一会儿再发言。"

会长的话音未落,秘书长就已经跑掉了。他并没有跟在盖列伯的身后,而是要绕到盖列伯的前边。他穿过空场,出前门跑到了帕尔街上,然后从那里拐入玛利亚街,以最快的速度朝木材加工厂的大门跑去。就在这时,有一辆载满小块木料的大马车正晃晃悠悠地驶出院

门,险些把他碾到轱辘底下。小小的铁皮烟囱冒出白色蒸汽,蒸汽锯在车间里痛苦地"尖叫",仿佛在喊:

"小心!小心!"

"我当然会小心!"奈迈切克一边跑,一边自言自语。他从蒸汽锯车间旁边跑过,跑向木垛,来到扬诺的小木屋后边。扬诺的小木屋有着倾斜的屋顶,屋檐低得几乎触到了堆在屋后的那个木垛。奈迈切克敏捷地爬上木垛,趴在木垛顶上暗中察看,想知道究竟会发生什么。盖列伯为什么要来找扬诺?难道这是红衫团作战计划的一部分?他决定,要想尽办法偷听他们的对话。如果能发现叛徒叛变的新罪证,那该是一件多么自豪的事情啊!这会给自己带来殊荣!

耐住性子等了好久,盖列伯终于出现了,他正蹑手蹑脚地朝小木屋靠近,不时警惕地回头张望,担心身后有人跟踪。当他确信身后没有人,才壮起胆子大摇大摆地走路。此刻,扬诺正静静地坐在小木屋门前的长凳上抽着烟斗。烟斗里装的是雪茄烟蒂,男孩们经常送这个给他,要知道,空场上的所有孩子都会帮扬诺收集雪茄烟蒂。

大黑狗从主人身边跳了起来,冲着来人的方向汪汪叫了两声。当它认出是熟人后,又回到原地卧了下来。盖列伯朝扬诺走去。可屋檐恰好挡住了奈迈切克的视线,他看不到盖列伯了。但他鼓起勇气,悄悄从木垛爬到了屋顶,然后在屋顶上慢慢向前爬,向前,再向前,一直爬到能将脑袋从屋门上方探出去,低头能看到他们。小木屋的棚顶在他身下发出咯吱咯吱的声响,奈迈切克觉得浑身的血液顿时都凝固了。假如现在扬诺或盖列伯不经意地抬头往上看,肯定能看到从房檐上探出的金发小脑袋,发现他正严密监视着小屋前发生的一举一动,说不定他们会惊得下巴脱臼。

盖列伯走到扬诺跟前,友好地向他打招呼:

"您好,扬诺!"

"你好!"扬诺应道,但是并没有取出叼在嘴里的烟斗。他这辈子很少有幸抽一根完整的雪茄,只能在别人抽完了大半根后,他才可能得到烟蒂。

盖列伯从外套口袋里掏出三根完整的雪茄,慷慨地塞到扬诺手中。

"天哪!"奈迈切克被眼前的情景惊呆了,心里暗想,"幸好我爬上了屋顶,这个风险看来没有白冒。这小子用雪茄作为诱饵,肯定想利用扬诺帮他干点什么。"

他听到盖列伯对扬诺小声说:

"扬诺,我能不能进屋跟您聊聊……我不想在外面说……不想被他们听见……有一件非常重要的事。您还可以得到雪茄，更多的雪茄！"

盖列伯说着，从兜里掏出一大把雪茄。

奈迈切克趴在屋顶上，惊得连连摇头。

"这家伙带来了这么多的雪茄，"他在心里揣测，"肯定有什么巨大的阴谋！"

不用说，扬诺欣然将盖列伯让进小屋，大黑狗海克托也跟着盖列伯进去了。奈迈切克感到十分恼火。

"真可恨，这下我听不到他们讲话了。"他沮丧地暗想，"让我好好的计划泡了汤！"

奈迈切克十分羡慕那条大黑狗，因为它能在那扇小门关上之前进到屋里。没错，他们不仅进了屋，还关上了门！这让他想到许多民间童话。在那些故事里，铁鼻子巫婆能把王子变成黑狗。说心里话，此刻他情愿献出十枚甚至二十枚上等的弹球，来换取铁鼻子巫婆的一句咒语，让她把自己变成那条大黑狗，哪怕几分钟都行！想来他跟海克托一样，都是普通士兵。

不过，有一只铁牙齿的甲壳虫替代铁鼻子巫婆帮助了他。这只小小的昆虫早就把房顶上的一块木板咬了一个洞，它不仅带领全家享用了软木的美味，没想到日后还帮上了帕尔街男孩们的忙。凡是虫子咬过的地方，木板就会变得很薄。奈迈切克将耳朵贴到木板上仔细听，从小屋里隐约传出了谈话声。奈迈切克聚精会神地听了一会儿，感到

异常兴奋,因为他能听见盖列伯和扬诺说的每句话!盖列伯尽量把嗓音压得很低,即使在屋子里,他也担心自己的秘密会被谁偷听到。他小声说:

"扬诺,希望您能做出明智的决定。您想抽多少雪茄,我们都可以向您提供,但是您得帮我们做一件事。"

扬诺嘟囔着问:

"什么事?"

"很简单,您只需要把空场上的孩子们赶走。禁止他们在这里踢球,也不许他们在木垛上玩。"

之后过了好长一段时间,奈迈切克什么都没有听到。他猜扬诺肯定在考虑这桩买卖。过了一会儿,他又听到了扬诺的声音:

"把他们赶走?"

"对。"

"为什么?"

"因为其他孩子想来这里。那些都是有钱人家的孩子……您想要多少雪茄,就能够得到多少……而且还有钱。"

最后这句话起了作用。

"还有钱?"扬诺追问。

"对,他们会给您福林的。"

盖列伯想用钱买通扬诺。

"那好,那我就把他们赶走!"

随着门把手咔嗒一声,木门吱呀被推开了。盖列伯从小屋里跨出来。这时候,奈迈切克已经不在房顶上了。他像猫一样敏捷地从房顶爬到木垛上,再从木垛跳到地上,穿过木垛间的小道朝空场跑去。奔跑中的奈迈切克心中激动不已,感觉空场上所有男孩的命运和空场的未来此时此刻全都掌握在他的手中。他一看到空场上的人群就大喊:

"博卡!"

没有人回应,他再次叫道:

"博卡!博卡!"

有一个声音传来:

"他还没来!"

奈迈切克撒腿狂奔。他必须要将这个重要的消息尽快告诉博卡。他们在被赶出自己的地盘之前,必须果断采取行动。当他经过最后一堆木垛时,看到腻子协会的会员仍在开会。维斯正在郑重其事地主持会议,他看到奈迈切克从旁边跑过,立即向他喊道:

"嗨呼,嗨!秘书长!"

奈迈切克一边跑一边向他打了个招呼,但是他不会停下来。

"秘书长!"他冲着那个背影大声呼喊,并用力摇响铃铛,想以此增强他的威信。

"我现在没空!"奈迈切克扭头应道。他继续飞奔,想去博卡家里找他。维斯使出了最后一招,他用严厉的口吻大声喝道:

"士兵!站住!"

91

听到这个命令,金发小男孩不得不停下来,因为维斯是中尉……尽管很不情愿,但他是一名军人。当他听到维斯下达了军令,不得不服从。

"有什么吩咐?中尉!"奈迈切克摆出一副立正的姿势。

"情况是这样。"腻子协会会长说,"我们刚刚做出决定,腻子协会从今天开始转入地下,作为秘密组织继续活动,我们已经选出了新一任会长……"

男孩们热烈地齐呼新会长的名字:"科尔纳伊!"

只有鲍劳巴什不屑地撇撇嘴说:

"让科尔纳伊一边去吧!"

会长接着说道:

"如果秘书长想要保住现在的职位,那就必须跟我们一起发誓保密,因为,万一被拉茨老师知道……"

就在这时,奈迈切克在木垛间又看到了盖列伯鬼祟的身影。如果现在放盖列伯跑掉,那么所有的一切……无论防御工事,还是他们的空场……就全都完了……如果能叫博卡现在赶过来,对盖列伯晓之以理,动之以情,或许还能唤醒他的良知。奈迈切克急得险些要哭出来,他焦急地打断会长的话:

"会长……真的没时间了……我必须得走……"

维斯严厉地问:

"莫非秘书长害怕了?你是不是害怕被人知道,也受到惩罚?"

不管对方再说什么，奈迈切克都已经不感兴趣了，他只想盯住盖列伯的身影。这时候，盖列伯躲到了木垛后，想趁男孩们到别处玩的时候溜到街上。看到这个情况，奈迈切克二话不说撇下了协会的伙伴，一手攥住外套的衣襟，扭头就跑——旋风般地穿过空场，冲出院门。

会场上顿时鸦雀无声。一阵沉默过后，会长终于痛心地说：

"尊敬的会员们，你们都看到了奈迈切克的表现。我遗憾地宣布，奈迈切克是一个胆小鬼！"

"说得对！"与会者齐声喊道。

科尔纳伊甚至喊出：

"他是叛徒！"

里希特激动地举手发言：

"我提议，撤销这个胆小鬼的秘书长职务！协会正处于危急时刻，他竟然将我们协会的利益不管不顾。我们必须开除他的会籍，并在秘密的记事簿里注上：奈迈切克是叛徒！"

"同意！"大家异口同声地表示。等到会场安静下来，维斯正式宣布：

"大会通过决议，宣布奈迈切克是个胆小的叛徒，他背叛了协会，因此撤销他的秘书长职务，并将他从协会里开除。书记员！"

"到！"莱西克应道。

"请把决议写到记事簿上。会议宣布，奈迈切克是叛徒，要用小写

字母写他的全名。"

会场上响起一阵喊喊喳喳的议论声。根据基本章程,这是最严厉的惩罚。许多人围住莱西克。莱西克当即坐到地上,将那个花五枚铜币买来的小本子放到膝盖上,这就是协会的记事簿。他用潦草的字迹写下:

奈迈切克·埃尔诺是叛徒!

就这样,奈迈切克被正式剥夺了会籍。

奈迈切克朝着吉尼日大街方向跑去。博卡就住在那里的一栋旧平房里。他刚跑到博卡家门口,就跟从里面出来的博卡撞了一个满怀。

"嘿!"博卡怔了一下,纳闷儿地问,"你来这里做什么?"

奈迈切克上气不接下气地将刚才发生的情况一五一十告诉了博卡,并一把抓住博卡的外套衣角,催他赶快走。随后,他俩一起向空场跑去。

"这一切都是你亲眼看到和听到的吗?"博卡边跑边问。

"当然是。都是我亲眼所见,亲耳所闻!"

"盖列伯还在那里吗?"

"但愿还在。咱们尽快赶到,说不定还能在那里找到他。"

在诊所旁边,他们不得不停下脚步,因为可怜的奈迈切克又开始剧烈地咳嗽起来。他迫不得已停下来,靠在墙上。

"别管我了！你就……"他催促博卡，"你就自己赶快去……拦住他。我……我……我在这儿稍微咳嗽一会儿。"

他咳得说不出一句整话。

"我着凉了。"他对博卡说，但是博卡并不想丢下他，他接着又说，"我是在植物园里冻着的……一开始掉进湖里时，我并没觉得什么。可我蹲在玻璃暖房的金鱼池里时，浑身上下都冻透了，那里的水非常冷。"

最终他俩还是一起赶到了帕尔街。刚一拐入街巷，他们就看到木围墙的小门正被人推开，盖列伯一脸慌张地从里面溜出来。奈迈切克紧张地抓住博卡的胳膊：

"你看，他就在那里！"

博卡把手掌圈成喇叭的形状，喊声划破了街巷里的寂静：

"盖列伯！"

盖列伯下意识停了下来，转过身子，看到叫他的是博卡，立即哈哈大笑起来。他就这样大笑着拔腿朝环路方向跑去。他那嘲讽的笑声在帕尔街的房子之间回荡，听上去十分刺耳。毫无疑问，盖列伯就是在嘲讽他俩。

两个男孩怔怔地站在街角，仿佛中了定身术。盖列伯在他们的视野里消失了，两人都感到大难临头。他们没有再说一句话，沉默地蹒跚着朝院门走去。从空场里传来男孩们踢球时的嬉笑打闹声，还有整齐的欢呼声——这是腻子协会的成员们在为他们新选出的会长欢呼。

在那里玩耍的孩子们还不知道,这块空场可能很快就不再属于他们。这一小块空地,虽然只是佩斯起伏不平的贫瘠土地的一小部分,但对孩子们来说,则是夹在两栋房子之间的一小片平原。在男孩们心里,它意味着广袤无际,意味着身心自由。清晨,它是美洲的西部荒野;下午,它是匈牙利大平原;雨中,它是海洋;雪里,它是北极。总之,它是他们最亲密的伙伴。只要他们高兴,他们想让它成为什么就能成为什么,想让它变成什么就变成什么。

"你看,"奈迈切克说,"他们还不知道呢……"

博卡忧虑地低下了头。

"他们还不知道呢。"他小声地重复了一遍金发小男孩的话。

奈迈切克对博卡的信任是绝对的。只要看到这位聪颖、镇定的朋友,他就从来不会丧失希望。然而此刻,他第一次看到博卡的眼中流出了泪水,突然感到有些害怕,他听到博卡用因悲愤而颤抖的嗓音问:

"我们现在该怎么办?"

第五章

两天后,星期四。当夜色笼罩了植物园时,站在小桥上的两位哨兵看到一个人影朝他们走近,他们立即端起了武器。

"敬礼!"其中一位哨兵高声喊道。

两个人同时将银色长矛举向天空,朦胧的月光下,枪头熠熠闪光。他们在向红衫团的首领致敬。阿奇·费利正急匆匆地从小桥上走过。

"所有人都到齐了吗?"他问哨兵。

"到齐了,团长!"

"盖列伯也到了?"

"他是第一个到的,团长!"

阿奇·费利无声地回了他们一个军礼,两名哨兵再次将长矛举过头顶。这是红衫团特殊的举枪礼。

红衫团的成员们早已聚集到了小岛上的那块空地。

当阿奇·费利走到他们中间,大帕斯托尔大声喊道:

"敬礼!"

许多支用银色锡纸缠裹枪头的长矛同时被高举过头顶。

"我们要抓紧时间,弟兄们。"阿奇·费利说,然后回了一个军礼,"因为我迟到了一会儿。我们马上开会。你们把灯点上!"

按照规定,只要团长还没有到场,灯是不能点燃的。如果灯亮着,那就表明阿奇·费利在小岛上。小帕斯托尔点燃了烛灯,红衫团的成员们围坐在烛灯周围。没有人讲话,大家都等着团长开口。

"有什么情况需要报告?"阿奇·费利问。

塞拜尼奇举起手来。

"你有什么情况?"

"我要报告的是,我们的兵器库里少了一面红绿两色的旗子,就是团长先生亲自从帕尔街男孩们那里缴获来的那一面。"

团长听罢皱起了眉头:

"我们的武器一件都没缺吗?"

"一件都没缺!身为兵器库负责人,我在来这里之前仔细查看了兵器库里的战斧和长矛。武器全部都在,唯独少了那面旗子。肯定是被人偷走了。"

"你有没有检查脚印?"

"检查了。跟每天晚上一样,昨天我也按照规定,在兵器库里撒了一层细沙子。今天我去查看时,发现地上留下了一串很小的脚印。脚印从洞口开始,一直延伸到放旗子的角落,然后又从那里返回到洞口。脚印在洞口外消失了,因为洞口外是草坪。"

"是小脚印吗?"

"是的,比文道尔的脚印还要小很多。要知道,文道尔的脚是我们当中最小的。"

一阵沉默。

"有外人去过兵器库,"阿奇·费利一口断定,"而且肯定是帕尔街的男孩。"

响起一阵嘈杂的议论声。

"据我分析,"阿奇·费利接着说,"假如来的是其他孩子,肯定会拿走一件兵器。但这个人只拿走了那面旗子,毫无疑问,他是受帕尔街男孩们的委派前来偷走他们的旗帜。盖列伯,你有没有听说相关消息?"

看来盖列伯早已是奸细。

他起身回答:

"我没听说。"

"那好。你可以坐下。我们将会进行调查。但是现在,我们先要商量一下该做的事。你们知道,上次发生的那件事让我们蒙羞。当时我们所有人都在岛上,居然让敌人将一张红纸钉在了这棵树上。他们很狡猾,居然在我们的眼皮底下成功脱逃。我们却跟着两个与这件事毫无关联的陌生男孩一直追到公务员小区,到了那里才发现,我们追错

了人。他们跑得莫名其妙,我们追得更莫名其妙。敌人将红纸钉在这棵树上,这是我们的奇耻大辱,这个仇我们必须要报!为了让盖列伯有充足的时间研究那里的地形,我们推迟了攻占帕尔街空场的作战计划。现在请盖列伯介绍一下他所了解的情况,随后我们决定什么时候开战。"他看了盖列伯一眼,"盖列伯!请你站起来!"

盖列伯重又站起身来。

"请你汇报一下。你都做了些什么?"

"我……"盖列伯有些慌乱地说,"我有一个主意,也许我们不用发起战争就能夺取那块空地。我考虑了一下,我曾是他们中的一员……为什么要因为我,嗯……总之,我贿赂了看守木材加工厂的扬诺,他会把他们从那里……从那里……"

他的话卡在了喉咙里。看到阿奇·费利正严肃地盯着自己的眼睛,盖列伯一时不知道该如何说下去。这时候,阿奇·费利用低沉的嗓音开始说话。要知道,所有人都害怕听到这个强悍少年愤怒的语调,他们每次都会被吓得瑟瑟发抖。

"不行!"他大声吼道,"这绝对不行!看来你还是不了解我们红衫团!我们既不会贿赂任何人,也不会讨价还价!如果他们自己不乖乖地交出阵地,那么我们就会光明正大地前去夺取。我们会依靠自己的力量,既用不着去贿赂扬诺,也用不着谁出面赶他们走。你不觉得这么做太卑鄙下作了吗?!"

所有人都不敢吱声,盖列伯也吓得垂下了眼皮。

阿奇·费利霍地站了起来：

"如果你是胆小鬼，那你就回家去吧！"

他对盖列伯说这话时，眼里射出犀利的光。盖列伯此刻感到万分惊恐。他担心万一被红衫团开除了，那么他就真的走投无路了。于是他昂起头来，郑重地发誓：

"我不是胆小鬼！我愿意跟你们一起，我属于你们，我宣誓效忠于你们！"

"这才是男子汉该说的话。"阿奇·费利说，但从他的脸上可以看出，他并不欣赏这个未来的新成员，"如果你要加入我们，就得宣誓遵循我们的章程！"

"我愿意！"盖列伯应道，并且长长地舒了口气。

"给我你的手！"

两只手握到了一起。

"从现在开始，我授予你红衫团的中尉军衔。塞拜尼奇将发给你一把战斧和一杆长矛，并把你的姓名写进秘密成员名单。现在，大家听我的指令！事不宜迟。我们将发起进攻的日期定在后天！后天下午，所有人来这里集合！我们用一半兵力从玛利亚街进攻，占领防御工事。另一半兵力去帕尔街那边，由你负责打开帕尔街的小门，这支部队负责把空场上的人赶走。如果他们躲到木垛那边负隅顽抗，另一支部队将从碉堡上进行阻击。我们需要一个自己的球场，为此我们不惜一切代价，无论如何都要占领那里！"

所有人听了都欢呼雀跃,顿时士气高涨。

"万岁!"红衫团的成员们齐声高喊,并将手里的长矛高高举起。

阿奇·费利打了一个手势,叫大家安静。

"我还是要问你一件事。帕尔街的男孩们已经猜到了你是我们的人吗?"

"我认为不会。"刚被授衔的中尉自信地回答,"就是那天晚上闯到这里,并将红纸钉到树上的人也不会知道。他们在黑暗中不可能认出我来。"

"这么说,后天下午你可以放心大胆地潜伏在他们中间?"

"可以!"

"他们不会怀疑你吗?"

"不会。即使有人怀疑,也不敢直接讲出来,因为所有人都怕我。他们中间没有一个是勇敢的男孩。"

就在这时,一个尖厉的嗓音突然打断了他:

"谁说没有?!"

他们环顾四周。阿奇·费利吃惊地问:

"谁在说话?"

没有人应声。过了一会儿,那个尖厉的嗓音又重复了一遍:

"谁说没有?!"

现在他们才听清,这声音是从身后的大树上发出来的。随后,树上传来一阵窸窣的响动,茂密的树冠里有什么东西发出咔啪咔啪的声响。转眼间,一个金发男孩从大树上纵身跳到地上,从容地掸了掸身上的尘土,像木桩一般挺着胸脯站在那里,毫无惧色地扫视那些目瞪口呆的红衫团成员。谁都说不出一个字,他们完全被这个从天而降的不速之客惊呆了。

盖列伯顿时脸色煞白。

"奈迈切克?!"他大惊失色。

金发男孩从容地回答:

"对,是我,奈迈切克。你们用不着兴师动众地去调查是谁从兵器库里拿走了帕尔街男孩们的旗帜,因为那是我拿走的。你们看,旗子就在这里!在那里

留下的小脚印是我的,比文道尔的还要小。本来,在你们所有人离开这里之前,我完全可以躲在树上一声不吭,我从下午三点半开始就在这棵树上了。但是当我听到盖列伯说我们中间没有一个是勇敢的男孩时,我感到愤怒!闭嘴!你这个叛徒!现在我就让你亲眼看到,帕尔街也有勇敢的男孩,别人不说,我就是一个!我,士兵奈迈切克!我现在就勇敢地站在这里,站在你们眼前,是我拿走了我们的旗帜,而且我偷听到了你们在会上说的所有的话,你们愿意拿我怎么办就怎么办吧!你们可以把旗帜从我手中抢走!但是我不会主动交给你们的。来吧,你们都上来吧,赶快动手啊!我独自一人,而你们现在有十个人呢!"

说完这席话,奈迈切克激动得满脸通红。他伸出双手,其中一只手里紧攥着小小的战旗。红衫团的人都惊呆了,一时没有回过神来。他们看着眼前这个身材瘦小的金发男孩,看着他挺着胸脯对着他们叫喊,他的力量如此强大,强大得仿佛能够抵抗千军万马,包括彪悍的帕斯托尔兄弟和阿奇·费利。

最先反应过来的是帕斯托尔兄弟。他们走到瘦小的奈迈切克跟前,一左一右抓住他的两只胳膊。小帕斯托尔站在右边,就在他伸出手想抢走奈迈切克手中的旗帜时,阿奇·费利的声音打破了寂静:

"住手!你们不要伤害他!"

帕斯托尔兄弟不解地看着他们的首领。

"你们不要伤害他!"他说,"我喜欢这个男孩!奈迈切克,你很勇敢,勇敢得就像你的名字。请你握住我的手,加入我们红衫团吧!"

奈迈切克使劲地摇摇头。

"我绝对不会!"他倔强地说。

阿奇·费利微笑着说:

"如果你不愿意,我也不勉强。我还从来没有邀请过任何人加入我们呢。在场的所有人都是主动要求加入的。你是我主动邀请的第一个人。既然你不肯,那就算了……"

他转过身去,背向奈迈切克。

"我们怎么处置他?"帕斯托尔兄弟问。

首领轻蔑地笑了笑说:

"你们把旗子夺过来!"

大帕斯托尔一把将红绿两色的旗子从奈迈切克柔弱的手中夺去。奈迈切克的双手被拧得生疼,帕斯托尔兄弟的手像铁钳一样,但是金发男孩紧咬牙关,一声不吭。

"我拿到了!"大帕斯托尔说。

所有人都密切关注事态的发展,不知道接下来会发生什么,他们想看看阿奇·费利会想出什么可怕的办法来惩罚敌人。奈迈切克毫无畏惧地站在那里,紧咬着嘴唇。

阿奇·费利转向他,并朝帕斯托尔兄弟打了个手势:

"这孩子身子很弱,经不住折腾。不过……你们可以给他洗一个澡。"

红衫团的成员们爆发出一阵大笑。阿奇·费利跟着笑了，帕斯托尔兄弟也笑了。塞拜尼奇将帽子用力抛向空中，文道尔又蹦又跳地像一个疯子，就连站在树下的盖列伯也忍不住笑了。只有一个人表情严肃，他就是奈迈切克。他已经感冒了，这几天一直在咳嗽。他妈妈本来禁止他今天出门，但他实在难以忍受一连三天待在家里。下午三点，他就从家里溜了出来，从三点半一直到夜里，他一声不吭地蹲在这棵大树上。也许他应该把自己感冒的事实告诉他们？那他们一定会笑得更厉害，盖列伯也会跟现在一样笑得合不拢嘴。所以他咬着嘴唇，绝不求情。他甘愿在爆笑声中被帕斯托尔兄弟拖到湖边，将他按到并不是很深的湖水里。帕斯托尔兄弟是两个令人胆战心惊的野蛮家伙，他们一个抓住奈迈切克的双手，另一个捏住他的脖颈儿，将可怜的小男孩按进了湖水，只让他的脑袋留在水面上。红衫团的成员们沉浸在一片欢腾之中。他们在湖岸上又唱又跳，把帽子抛向夜空，高声大喊：

"呼哟，嗨吼！呼哟，嗨吼！"

这是他们呼喊的号子。

此起彼伏的爆笑声和"呼哟，嗨吼"的呼喊声交织在一起，欢闹的喧嚣声打破了小岛月夜的宁静。湖里的奈迈切克就像一只忧伤的、在水面张望的小青蛙。盖列伯叉着腿站在岸上，一边疯狂大笑，一边对金发男孩发出警告。

终于，帕斯托尔兄弟放开了他，奈迈切克从湖水里爬了出来。大家看到这个可怜的小家伙浑身是泥，像只落汤鸡似的哗哗淌水，又爆发出一阵幸灾乐祸的狂笑。他抖了一下胳膊,袖子里的水就像是从水罐里往外倒出来的一样。他抖动身体的样子活像一只被浇了一桶水的长毛狗。在场的人都从他跟前迅速闪开,并向他抛去几句讥讽的话:

"青蛙!"

"你喝多了吧?"

"你为什么不游会儿泳呢?"

他没有理睬,只是苦涩地笑笑,又摸了摸湿漉漉的外套。就在这时,盖列伯站到他跟前,一边咧着嘴冷笑,一边傲慢地点头问道:

"感觉不错吧?"

奈迈切克抬起漂亮的蓝眼睛看了他一眼:

"不错。"奈迈切克低着头应道,并且补充了一句,"确实挺不错,要比站在这里笑话我的家伙们好得多。我情愿一直在湖水里坐到新年到来,也不会跟敌人暗中勾结。你们把我按进水里,我根本就不在乎。上次我自己不小心掉进了湖里,当时我就看到你跟我们的敌人混在一起。你们可以邀请我加入你们的帮伙,可以说好话奉承我,可以送我礼物,但是我跟你们没有半点关系。即便你们再把我按进水里一次,一千次一万次,我明天、后天照样会来这里!我会躲在你们发现不了的地方。我不怕你们中的任何一个人。假如你们胆敢到我们的帕尔街去争夺场地,那你们尽管来吧,我们一定会等在那里,严阵以待!到时候你们将会看到,我们那里也有十个——十位勇士!在那里,我们

对你们说话的方式,与现在我跟你们说话的方式截然不同!你们欺负我很容易!谁的力气大,谁就会赢。帕斯托尔兄弟在历史博物馆的花园里抢走了我的弹球,只是因为他们力气很大!你们把我扔进湖里,这也很容易,十个人对付一个人当然很容易!可这算什么本事!我根本就不在乎。我当然知道,如果我不想被扔到水里,我有办法不被扔进去。但是我不愿加入你们。我宁可让你们想法儿折磨我,我也决不会当叛徒的!我不会像那个家伙,我说的就是他,你们瞧啊……他就站在那里……"

奈迈切克伸直胳膊指着盖列伯。现在,盖列伯的笑声卡在了嗓子眼儿。烛光照在奈迈切克美丽的金发上,也照在他身上那件因为浸湿而反光的衣服上。他勇敢、骄傲地用清澈纯真的眼神直视盖列伯的眼睛,这目光犹如一块巨石沉重地压在盖列伯的心灵深处。盖列伯的神色变得阴郁,不得不垂下了头。在场的所有男孩都沉默不语,静得可以听见水从奈迈切克的外套滴落到坚硬土地上的声响……

奈迈切克的一声大喊打破了沉寂:

"我可以走了吗?"

没有人回应。他又问了一遍:

"你们不准备动手了吗?那我可以走了吗?"

还是没有人回答他,于是他从容镇定地朝小木桥走去。

没有一只手伸出来阻拦他,甚至没有一个人动弹一下。此时此刻,在每个人的心目中,这个金发男孩是一个名副其实的小英雄、真正的男子汉,甚至可以说他是一位成熟的成年人……站在桥上的哨兵目睹了今夜在这里发生的一切,他们对他只有钦佩,根本不敢碰他一下。当奈迈切克走上桥时,突然响起了阿奇·费利低沉、洪亮的嗓音:

"敬礼!"

两位哨兵庄重立正,高高举起银色的长矛。所有男孩啪的一声并拢脚跟,也将长矛举过头顶。银色的矛头在月光下闪耀,没有人说一句话,只能听到奈迈切克过桥的咚咚脚步声。过了一会儿,脚步声越来越远,随后变成轻轻的扑哧声,听上去就像一个人穿了一双被水浸透的鞋子在行走……奈迈切克潇洒地扬长而去。

小岛上,红衫团的人惶惑不安地面面相觑。阿奇·费利耷拉着脑袋站在空地中央,盖列伯走到他跟前,脸色煞白,就像抹了石灰。他嘴里咕哝了一句什么。

"你知道……求求你……"盖列伯磕磕巴巴地央求道。

但是阿奇·费利转过了身子,背对着他。于是,盖列伯知趣地回到仍旧愣在一旁的男孩们中间,走到帕斯托尔兄弟跟前。

"你知道……求求你……"他小声地向他们可怜地恳求。

但是帕斯托尔兄弟也仿效团长的样子,转过身子背对盖列伯。盖列伯不知所措地定在了那里。过了一会儿,他哽咽着说:

"看来,我也可以走了。"

没有人愿意回应他。尽管他也沿着刚才奈迈切克走过的那条路离岛,但没有人向他敬礼。两位哨兵背靠在木桥的栏杆上,望着湖中的

涟漪出神。就这样,盖列伯的脚步声也在寂静的植物园中响了起来……

岛上只剩下红衫团的人。阿奇·费利踱步到大帕斯托尔跟前,他跟大帕斯托尔的距离是那么近,几乎快把脸贴到了对方的脸上,他用低沉的嗓音严肃地质问:

"是你在博物馆的花园里抢走了那个小男孩的弹球吗?"

大帕斯托尔小声承认:

"是我。"

"当时你弟弟也在吗?"

"也在。"

"说了'Einstand'这个词吗?"

"说了。"

"难道我没有禁止过红衫团的人从弱小的孩子手里抢弹球吗?!"

帕斯托尔兄弟都不敢作声。在红衫团,没有人敢挑战阿奇·费利的权威。他们的首领用严厉的目光上下打量了一下这对兄弟,然后以不容违抗的冰冷语调下达指令:

"你们自己去洗个澡吧!"

帕斯托尔兄弟不解地望着他。

"你们听不懂我说的话吗?就像现在这样,穿着衣裳下去。我要你们立即去洗一个澡!"

他看到有一两个男孩脸上露出了幸灾乐祸的笑意,于是立即警告:

"谁要想笑话他们俩的话,那就陪着他们一起去洗!"

听到这话,所有人都收起了笑意。阿奇·费利望着帕斯托尔兄弟,用不耐烦的口吻催促他们:

"嗨,赶快去洗!水要没了脖子。一,二!"

然后他将脸转向其他成员。

"向后转!你们不要盯着他俩!"

红衫团的其他成员赶紧转过身,背对着湖水。就连阿奇·费利也扭过脸,不去看帕斯托尔兄弟如何接受惩罚。帕斯托尔兄弟一脸忧伤地慢慢走进湖里,顺从地蹲下,让湖水没到他们的脖子。男孩们看不清他俩,但能听到他们泡进湖水的哗啦声。阿奇·费利瞥了一眼湖面,确定水已经没到了兄弟俩的脖子,这才向大家发出命令:

"放下武器!出发!"

他率领部队离开了小岛。哨兵吹灭了蜡烛,也加入队列里。他们迈着整齐的步伐从桥上走过,脚步咚咚,逐渐走远,最后消失在植物园浓密的树林里……

帕斯托尔兄弟从水里站起来,爬到岸上,互相看了一眼,习惯性地将手揣进兜里,也离开了小岛。他们一路上低着头沉默不语,感到很羞惭。

在这个洒满月光的春夜里,小岛重又恢复了宁静。

第六章

第二天,帕尔街的男孩们在两点半左右就聚集到空场的小门口,他们看到木围墙的内侧钉着一张很大的白纸,四枚大钉子分别钉在纸的四角。

白纸上写了一份宣言,这是博卡利用晚上的休息时间写成的。字体用的是印刷体,主要用黑墨水写的,只是每句话的第一个字是血红色的。宣言的全文如下:

宣言!!!

现在我们每一个人都必须站稳脚跟!

我们的帝国正面临巨大的威胁。

如果我们不能勇敢地应战,

我们的家园就会被人夺走!

空场危机!

红衫团的人要对我们发起进攻!
但是我们会在危难关头坚守在这里!
我们要用生命保卫我们的帝国!
每个人都要尽自己的义务!

主席

今天,谁都没有心情玩弹球。弹球静静地躺在里希特的衣服口袋里,因为他负责管理弹球。男孩们激动地走来走去,热烈讨论着即将

爆发的这场战争，并且屡次回到那张钉在木围墙上的宣言前，一遍又一遍地阅读上面振奋人心的句子。不少人已经能够背诵它了，他们站在一个个木垛顶上，用富有战斗性的铿锵语调向站在下面的同伴高声朗读，尽管站在下面的男孩们也都已经会背了，但他们还是张着嘴认真地聆听，听完后又返回到木围墙前再次阅读，之后爬到木垛上激情洋溢地背诵起来。

帕尔街所有男孩的心都被这篇宣言占据了，这是他们从未有过的体验。既然博卡已经下定决心，亲自执笔并正式发布了宣言，这就意味着问题极其严重，形势十万火急。

男孩们多多少少已经听说了一些细节。他们从多个渠道听人提起盖列伯的名字，但是并没有人真的清楚他到底做了些什么。出于种种原因，博卡觉得有必要对盖列伯叛变的事情暂时保密。其中一个原因就是，他打算在空场上抓住盖列伯，然后当即押送到军事法庭审判。然而让博卡万万没有料到的是，奈迈切克居然敢只身深入虎穴，并在敌军扎营的植物园小岛上制造了惊天动地的爆炸性新闻……博卡是今天上午在学校上完拉丁语课后才知道这件事的。当时，奈迈切克在卖黄油面包的地下室里叫住他，把他拉到一旁，对他详细讲述了昨天夜里发生的一切。

两点半后，整个空场都笼罩在焦虑不安的气氛中，所有人都盼望博卡的到来。然而有一件事情却使本来就已经非常紧张的气氛变得更加紧张。原来，腻子协会也爆出了丑闻：协会收集的腻子全变干了！

腻子干得出现了裂缝,再也无法使用。准确地说,硬得捏不动了。

毫无疑问,这是会长的过失,因为协会的章程里清楚地写着会长有义务经常嚼它。新会长科尔纳伊把这项义务彻底忘在了脑后。不难猜出,谁会对此发出责难。对,是鲍劳巴什,是他第一个谈起这件事。他一会儿跟这个人说,一会儿对那个人讲,对新会长的粗心大意和不负责任表现出强烈不满。他的抱怨和串通很快有了效果,不出五分钟,他就说服了一部分会员立即召开特别会议。科尔纳伊猜到了这个提议背后的目的。

"好的,"他说,"但是现在的首要任务是保卫空场。特别会议我们只能明天召开。"

鲍劳巴什嚷了起来:

"对这件事我们实在无法容忍!看来会长先生害怕了!"

"我怕你吗?"

"你不是怕我,是怕开会!我们要求,今天就召开特别会议!"

科尔纳伊刚要对此做出回应,从院门那边传来帕尔街男孩们高亢的呼喊:

"嗨呼,嗨!嗨呼,嗨!"

所有人都朝那个方向望去,看到博卡跨进了院门。奈迈切克跟在博卡身旁,脖子上系着一条用毛线编织的大红围巾。博卡的到来打断了他们的争论。科尔纳伊突然表示同意:

"好吧!咱们今天就召开特别会议!但要先听听博卡的讲话。"

115

"这我同意。"鲍劳巴什应道。腻子协会的会员们此刻已经都围到了博卡身边,向他提出了一大串问题。

科尔纳伊和鲍劳巴什也凑了过去。博卡打了一个手势,让大家安静下来,然后在众人的注视下郑重地说:

"弟兄们!想必你们能从宣言的字里行间读出,我们正面临着怎样的威胁。我们的侦察兵已经潜入过敌营,打探到红衫团预计在明天对我们发起攻击。"

这句话如一声惊雷在人群中炸响。谁都没有料到,战斗明天就会打响。

"是的,明天!"博卡继续说,"因此,我宣布,从今天开始我们就要进入保卫战状态。每个人都必须无条件地听从上级的指令,所有军官都必须服从于我。你们千万不要以为这不过是一场小孩子的游戏。红衫团兵力雄厚,男孩们个个身强体壮。这肯定是一场恶战!但是我并不想强迫任何人参加,所以我现在郑重宣布:假如有谁不愿意参加战斗的话,请他现在举手。"

一阵漫长的沉默。没有人举手。博卡又说了一遍:

"假如有谁不愿意参加战斗的话,请他现在就站出队列!没有人站出来吗?"

大家异口同声地回答:

"没有!"

"那好。你们每个人都要许诺,明天两点钟在这里集合!"

所有人都排队走到博卡跟前，向他许诺明天肯定会来。

博卡跟每个人握手时都会大声警告：

"如果谁明天不来的话，谁就是背信弃义的失信者，永远也别想跨进这里半步，我们会用棍棒把他撵出去！"

莱西克从人群里走出来。

"主席，"他报告说，"我们所有人都在这里，唯独缺了盖列伯。"

听到这话，人群立即安静下来。大家都很好奇，盖列伯到底出了什么事？但博卡不是那种会轻易改变主意的人，他不想提前透露盖列伯的秘密，而是想当着大家的面捉住他。

大家纷纷问：

"盖列伯到底怎么了？"

"没怎么。"博卡平静地回答，"这件事我们以后再谈。现在我们要考虑的是如何能赢得这场战斗。不过，在我下达命令之前，我必须提出一个要求。假如你们中间谁跟谁还有积怨的话，请你们现在了结。彼此有矛盾的人，必须马上和解。"

一阵寂静。

"说话呀！"博卡问，"你们中谁跟谁都没有积怨吗？"

维斯怯生生地说：

"据我所知……"

"你说，谁跟谁？"

"嗯……科尔纳伊……跟鲍劳巴什……"

"这是真的？"博卡转向鲍劳巴什。

鲍劳巴什的脸腾地红了。

"对，"他支吾道，"科尔纳伊……"

科尔纳伊也试图解释：

"对……鲍劳巴什……"

"那你们俩现在就和解吧！"博卡严肃地要求他们，"不然的话，我会立即把你们俩从这里扔出去！你们应该知道，在战场上作战，我们所有人都必须是能够相互信赖的好朋友才行！"

这两个结怨很深的男孩迟疑片刻，走到博卡面前，迫不得已地向对方伸出手来。还没等相握的手松开，鲍劳巴什就开口说：

"主席！"

"你有什么话说？"

"我有一个条件。"

"什么条件？"

"嗯……万一红衫团的人没来攻击我们，那……那……我还是饶不了科尔纳伊，因为他……"

博卡将犀利的目光投向鲍劳巴什：

"你给我闭嘴！"

鲍劳巴什听了不再作声，但他仍觉得愤愤不平，恨不得现在就冲过去揍科尔纳伊一拳。科尔纳伊的脸上却露出得意的笑容……

"现在，"博卡转向金发男孩下令，"士兵，听令！把我们的作战地图取出来!"

奈迈切克立即将手伸进兜里,掏出一张纸。这就是博卡午饭后想出来的作战计划。

作战地图摊在一块大石头上,男孩们全都围了上来。每个人都迫不及待地想知道自己被安排在哪个位置,将承担什么任务。博卡开始解释他的作战计划:

"大家请注意。我讲的时候,你们必须一直看着地图。这就是咱们的帝国地图。根据我们的侦察兵报告,敌军将从两个方向发起进攻

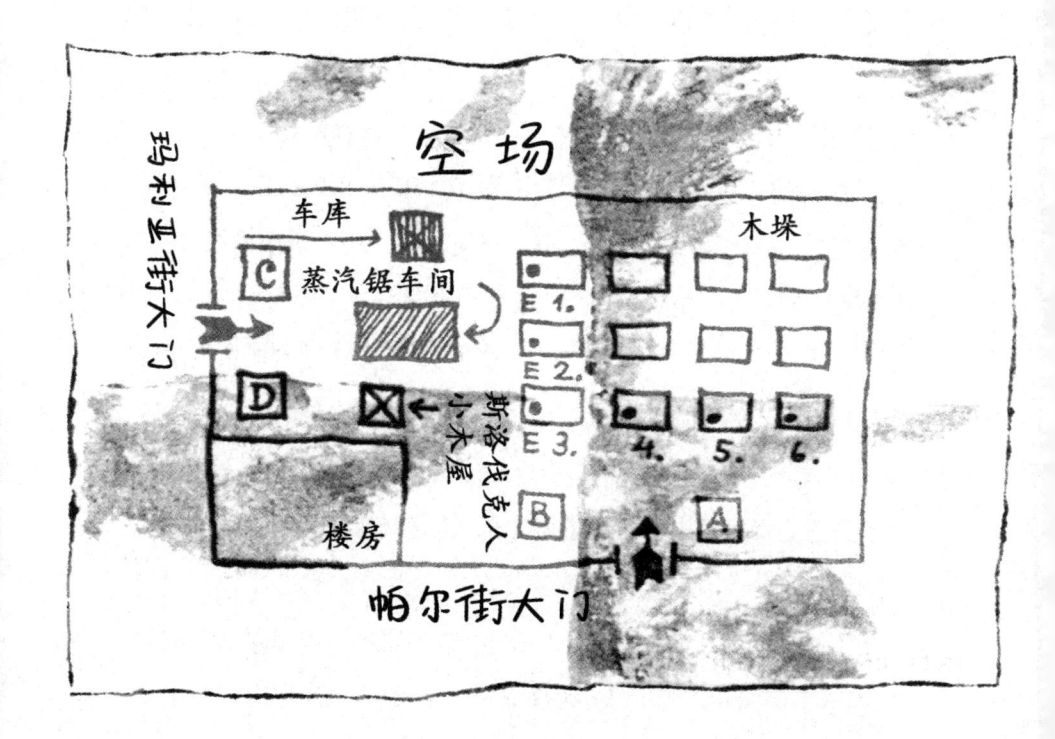

——一队兵力从帕尔街方向,另一队则从玛利亚街方向。我按顺序给大家讲解。这两个方块,标注了 A 和 B,代表把守大门的两个营。A 营由三个人组成,交给维斯指挥。B 营也是三个人,由莱西克指挥。玛利亚街的大门也安排两个营的兵力把守,C 营的指挥官是里希特,D 营的指挥官是科尔纳伊。"

"为什么不是我?"突然有人问。

"谁在插嘴?"博卡的语气很严肃。

鲍劳巴什举手示意。

"怎么又是你?如果你再说一个字的话,我就把你送上军事法庭!坐下!"

鲍劳巴什嘟囔了几句什么,坐了下来。博卡继续解释说:

"这些标有字母 E 和数字的黑点,代表碉堡。我们给每座碉堡都配备了沙子。每座碉堡由两个人把守就足够了。用沙子作战很容易。这些碉堡距离很近,假如一座碉堡遭到袭击,另一座碉堡的把守人可以迅速救援,向侵略者发起联合攻击。1 号、2 号和 3 号碉堡负责阻击来自玛利亚街方向的进攻,保卫空场;4 号、5 号和 6 号碉堡则用沙弹为 A 营、B 营提供火力支持。至于谁把守哪座碉堡,我们等一会儿再说。各个营的指挥官先各自挑选两名部下。你们都听明白了吗?"

"听明白了!"大家异口同声地回答。

男孩们都张大了嘴巴,瞪圆了眼睛,围在那张令人惊叹的作战地图旁,有人甚至掏出了笔记本,认真记录下主席先生说的每一句话。

"好啦,我讲完了!"博卡说,"这就是我们的兵力部署。接下来要说的才是具体的作战方案。每个人都必须听好了! A 营和 B 营,一旦听到在围墙顶上站岗的哨兵报告'红衫团到了',你们就立刻把门打开。"

"让我们把门打开?"

"是的,把门打开!我们不把自己关在里边被动防守,而是主动迎战。让敌军先冲进来,然后我们再将他们打出去,所以要敞开大门,放他们进来,直到最后一个敌兵进来,你们再向他们发起反攻。与此同时,4号、5号和6号碉堡开始轰炸。这是负责把守帕尔街方向的部队的任务。如果可能,就把他们直接赶出去;如果不能,至少不要让他们攻破这道由4号、5号、6号碉堡连成的防线,要把敌军拦截在空场上。另外一支部队,我指的是把守玛利亚街方向的部队,你们的任务更加艰巨。你们要在玛利亚街安排哨兵,一旦哨兵报告红衫团的人出现在玛利亚街,你们的两个营就要立即进入战斗状态。等红衫团的人攻入大门后,你们要佯装逃走。你们看一下地图,看这里……看到了没有? C 营,这是你的人马,里希特,你们撤退到车库里……"他用手指指着说,"撤到这里,你看。你明白吗?"

"明白了。"

"D 营,科尔纳伊率领的那个营,撤退到扬诺的小木屋那里。现在你们一定要听好,因为我接下来讲的内容最为重要!请你们看好地图!红衫团的人必然会从左右两侧绕过蒸汽锯车间追击,他们刚一绕

过蒸汽锯车间,就会迎面撞见 1 号、2 号和 3 号碉堡。这三座碉堡要立即开始轰炸。与此同时,两个营的兵力同时冲出来,分别从车库和扬诺的小木屋两面包抄,从敌军的背后发起攻击。只要你们作战英勇,就会把敌军逼入困境,迫使他们投降。万一他们不肯投降,那就把他们逼进小木屋,然后把门锁上。随后,C 营赶到小木屋,D 营则绕开木垛赶到 6 号碉堡那里,迅速援助 A 营和 B 营。这时,1 号和 2 号碉堡的守军转移到 4 号、5 号碉堡,加强轰炸的火力。A 营、B 营、C 营和 D 营拉成一条强大的反攻战线,将敌军赶向帕尔街方向的大门。与此同时,所有的碉堡都从我们的头顶轰炸敌军。面对如此迅猛、统一的军事反攻,敌军肯定招架不住。这时我们再将他们赶出帕尔街方向的大门!你们听明白了吗?"

听到主席的这声问话,男孩们的情绪更加激昂。有的挥舞围巾,有的将帽子抛向空中。奈迈切克也解开了围在脖子上的那条大红围巾,用因感冒而变沙哑的嗓音高呼"明白"。

"明白!主席!"

"明白!"所有人都跟着他大声呼喊。

博卡又打了一个手势说:

"安静!还有一件事情。司令部会设在 C 营和 D 营附近,我会通过我的副官向你们传达命令。你们听到他传达的命令,要视为我亲口下达的命令!"

有人问:

"谁是副官？"

"奈迈切克。"

有几个男孩面面相觑，感到意外。腻子协会的会员们开始交头接耳，互相推搡，表示应该对此提出异议。他们中有人说：

"你说吧！"

"你说！"

"为什么我说？还是你说吧！"

博卡不解地看着他们：

"难道你们有反对意见？"

莱西克是唯一敢站出来的人：

"对。"

"什么意见？"

"在腻子协会的会议上，刚才……当……"

博卡失去了耐心，冲着莱西克喊道：

"够了！你给我闭嘴！我对这些蠢话不感兴趣！奈迈切克将担任我的副官，就这样定了。谁敢反对，我就把谁送上军事法庭！"

虽然这些话听起来有些不近人情，但是每个人都能理解，在特殊的战争时期，只有严格要求才能筑牢军心。大多数人对奈迈切克出任副官的决定表示接受。然而，腻子协会的领导层里还是有人交头接耳，认为这对腻子协会来说是一种伤害：一个已被协会宣布为叛徒，并将他的名字用小写字母记入了小黑本的人，居然在战争时期受到司

令官的如此重用！当然，假如他们知道……

博卡从口袋里掏出一份名单，开始宣读谁被派到哪座碉堡。每个营的指挥官都为自己挑选了两个最信任的人。气氛紧张、严肃，男孩们的情绪都很亢奋，但是没有人说一句话。等一切安排妥当，博卡大声下令：

"各就各位！我们将进行军事演习。"

所有人哗啦一下散开，奔向自己的岗位。

"在接到新命令前，每个人都必须耐心等待！"博卡冲着他们的背影大喊。

现在，只有他和副官奈迈切克一起站在空场中央。可怜的副官咳嗽得非常厉害。

博卡温和地叮嘱他:"赶紧把围巾戴好,你的感冒很严重。"

奈迈切克感激地望着他的朋友,顺从得就像对自己的哥哥。他把大红围巾严严实实地围在脖子上,只露出两只耳朵。

等奈迈切克围好了围巾后,博卡这样对他说:

"现在,请你向2号碉堡传达一项指令,你仔细听好……"

但奈迈切克干了一件他从来没有干过的事,他突然打断了上司的话:

"对不起,"他说,"但我想先跟你说一件事。"

博卡皱了一下眉头问:

"什么事?"

"刚才腻子协会的人……"

"好了,别提他们了。"司令官不耐烦地打断了他,"你对那样的蠢话也能认真?"

"对,我得认真。"奈迈切克回答,"因为他们也是认真的。我感觉他们很愚蠢,所以他们怎么看待我,我并不在乎。但是我不希望你也……如果你也……看不起我。"

"怎么会呢,我为什么会看不起你?"

奈迈切克带着哭腔回答:

"因为,他们说我……说我是……是叛徒……"

"叛徒?你是叛徒?"

"对,我是。"

"哦,那你说说怎么回事,我还真的很好奇!"

奈迈切克哽咽着,断断续续讲了那天发生的事情。当时腻子协会正在空场上进行秘密宣誓,可他没有做任何解释就急忙跑开了。他们认为他之所以跑开是因为他不敢加入秘密协会。所以他们说他是"叛徒",不守信用。

其实最根本的原因在于:少尉、中尉和上尉们都开始对博卡产生了不满,认为他没有将他们视为最亲密的朋友,而是把所有秘密都告诉了一个普通士兵。最终,他们将奈迈切克的名字写进了小黑本,并且用的是小写字母。

博卡认真听完了奈迈切克的讲述,陷入了沉思。他感到心痛,因为在男孩们中间居然还有这样一些人。博卡是一个聪明的男孩,即便如此,他还是不知道,并不是所有人都会跟我们一样,我们必须一次又一次付出痛苦的代价,才能够明白这个道理。之后他满怀爱意地望着这个瘦弱的金发男孩。

"好了,奈迈切克,"博卡安慰他说,"你只管做你自己的事,不要理会他们怎么说。眼看战争就要爆发,我不想多说什么。但是等到战争结束,如果我们能够幸存,我会好好地教训他们。你现在赶快跑到1号、2号碉堡,传达我的命令,让他们立即爬到3号、4号碉堡上去!我想知道他们过去需要多长时间。"

士兵打了一个立正,身体笔直地敬了一个军礼。尽管他心里很明白,由于战争在即,为他恢复名誉的事情不得不推迟,但他还是为此伤心，只得将苦涩和委屈默默地咽进肚子里，以副官的身份接受命令：

"遵命！"

他立刻开始飞奔，尘烟在他的身后扬起。他的身影瞬间消失在木垛之间。在木垛顶上，有的男孩从碉堡里探出了大脑袋，眼睛瞪得溜圆。他们的脸上有掩饰不住的兴奋，这是两军交战前军人们特有的那种兴奋。对于这种特殊的心理状态的描写，我们从那些既英勇无畏又善于观察的战地记者的报道中可以读到。

博卡独自站在空场中央，耳边充斥着从街上传来的车水马龙的嘈杂声，但是博卡觉得，此刻他并非站在都市的中心，而是站在一块遥远而陌生的土地上。那是一片无边无际的浩瀚原野，明天将在那里进行一场决定命运的生死之战。男孩们都一言不发地静静守在各自的岗位上，随时待命。博卡觉得，现在的一切都取决于他——这个小集体的生死存亡和未来的命运，快乐的下午时光、踢球、各种游戏和娱乐，以及那些他和伙伴们经常在这里进行的活动。此刻让博卡自豪的是，他肩负着如此美好的重任。

"请相信我吧！"他喃喃自语，"我会保护好你们的。"

他环视了一圈这个可爱的空场，然后朝木垛那边望去。蒸汽锯车间又细又长的烟囱耸立在木垛后面，正喷吐着白色蒸汽，看上去跟往日一样无忧无虑，好像今天跟以前的每一天并没什么两样，也不存在任何的危险，然而一切……

是的，此时此刻，博卡感觉自己是一位伟大的军事将领，面临一场你死我活的大决战。他想到了拿破仑大帝……他的思绪纷飞，飞到了未来。未来将会怎样？他会从事什么样的职业？会不会当军人，真正的军人？会不会亲自指挥身穿军装的部下在某个遥远的地方，在真正的战场上拼杀？而且，为的不是像空场这样一小块土地，而是一大块辽阔肥沃、被称为"祖国"的可爱疆土。也许，他将成为一名医生，每天与疾病进行激烈、艰巨、勇敢的斗争？

就在博卡陷入沉思的时候，早春的黄昏静悄悄地降临了。他长叹了口气，朝木垛方向走去，想看看碉堡里伙伴们的情况。

男孩们从木垛上看到司令官正朝他们这边走来。碉堡里传出了窸窣的响动，大家整装待命。沙弹摆放得整整齐齐，所有人都昂首立正。

但是首领突然在半途停了下来，扭头朝身后望了一眼。他似乎听到了什么响动。随后，他掉头快步朝木围墙的小门走去。

有人在敲门。他拉开门闩，打开小门，惊得后退了一步。

盖列伯站在他的面前。

"是你？"盖列伯尴尬地问。

博卡没有立即回应他。盖列伯慢慢走进来，随手关上了身后的木门。博卡始终不明白他为什么要来。盖列伯看起来不像往日那样快活、平静。他脸色苍白、神色忧郁，不时用手整理自己的衣领，看得出来，他有话想讲，但是又不知道该如何开口。博卡不开口，他也不说话，两个人就这样四目相对，沉默地站了好一会儿。最终还是盖列伯打破了沉默：

"我之所以来,是想……是想跟你谈一谈。"

听到这话,博卡的嗓子终于能发出声音了。他用冷淡而严肃的语调说：

"我跟你没有什么好谈的。你最明智的做法是,你怎么从这个门进来的,那就怎么从这个门出去。"

然而,盖列伯并没有接受这个建议。

"你看,博卡,"他说,"我知道,你已经猜到了一切。我知道,你们所有人都已经知道我投靠了红衫团。但是,现在我不是以间谍的身份来到这里,而是以好朋友的身份。"

博卡平静地说：

"你没有资格以好朋友的身份来这里。"

盖列伯沮丧地垂下了脑袋。在来这里之前,他做足了思想准备,他以为他们会粗暴地对待他,把他从这里赶出去。但是他怎么也没想到,博卡会以如此平静的方式跟他讲话。这深深刺痛了他的心。这要比揍他一顿更让他难受。现在他悲伤地低声说：

"我之所以过来,是想弥补我的过错。"

"这不可能。"博卡说。

"但是我后悔了……感到非常后悔……而且,我从他们那里拿回了旗子。阿奇·费利从这里把它夺走,奈迈切克把它偷了出来……后来,帕斯托尔兄弟又将它从奈迈切克的手里抢走了……"

他边说边从外套内侧的口袋里取出一面红绿色小旗。看到它,博卡的眼睛里闪出了亮光。这面旗帜皱巴巴的,甚至已被撕破了。看得出来,有人为它进行过激烈搏斗。但这正是这面旗帜的魅力所在。它确实残破,残破得就像一面真正的战旗,因为只有真正的战旗才会在激烈的战火中变得残破。

"这面旗子,"博卡斩钉截铁地说,"我们会从红衫团的手里夺回来的。万一我们夺不回来,将失去这里的一切……如果真是那样,我们会离开这里,各奔东西……我们不会再聚到一起……但是不管怎样,我们都不需要以这种方式拿回旗帜,我们也不需要你。"

博卡转身要走,似乎想把盖列伯一个人晾在那里。但盖列伯一把抓住了博卡的衣角。

"亚诺什,"他哽咽道,"我意识到自己犯下了大错。我想弥补我的过错。求你们原谅我!"

"哦,"博卡冷静地回答,"我已经原谅你了!"

"你们能让我回来吗?"

"这不可能。"

"绝对不行?"

"绝对不行!"

盖列伯掏出了手帕想擦眼泪。博卡痛心地对他说:

"不要哭,盖列伯,我不想看你在这里当着我的面哭。你好好回家去吧,别再来烦我们。现在你想要回来了,可是红衫团的人也不再瞧得起你。"

盖列伯把手帕揣回兜里,想要表现得像一个男子汉。

"那好,"他说,"我走。你们永远都不会再看到我。但是我想要告诉你的是,我来这里并不是因为红衫团的人厌恶我,而是另有原因。"

"还能有什么原因?"

"这个我不想说。也许你知道。但是……唉,如果你真的知道这个……"

博卡不解地盯着他:

"我不懂你说的什么意思。"

"现在我不做解释。"盖列伯开始朝小门走去。在门口,他转过身来,鼓起勇气又问:"假如我再一次求你让我回来,也绝无可能,对吗?"

"绝无可能。"

"那么……我就不求你了。"

盖列伯冲了出去,猛地撞上了小门。博卡犹豫了片刻。这是他第一次这样无情地对待别人。他向前挪了一步,想去追盖列伯,想对着他的背影大喊"回来吧,以后你要好好表现"!但就在这时,他眼前浮现出另一幅场景:前一天,在帕尔街上,盖列伯带着那样一串笑声从他和奈迈切克的眼前跑过,他在嘲笑他们俩。博卡和奈迈切克一起站在人行道上,难过地耷拉着脑袋,耳朵里回响着那阵嘲弄讥讽、幸灾乐祸的笑声。盖列伯竟然就这样笑着从他们眼前跑开。

"不,"他自言自语,"我决不会叫他回来的!他是一个叛徒!"

他转过身,朝木垛方向走去,但被眼前的一幕震惊了,不得不停住脚步。原来,所有男孩都站在木垛顶上远远地看到了发生的一切。大家只是静静地站在四四方方、堆码整齐的木垛上,谁也不说一句话,每个人都紧张地屏住呼吸,想看看博卡和盖列伯之间会发生什么。当他们看到盖列伯跑了出去,博卡转身朝木垛这边走来时,被压抑的兴奋情绪终于爆发,整支部队突然齐声欢呼:"万岁!"

"万岁!"所有木垛上的少年发出了震耳欲聋的呐喊声,他们的帽子飞向天空。

"万岁!"

一声尖锐刺耳的口哨儿声划破长空。它是那么嘹亮,恐怕蒸汽机车铆足了气力也不可能发出这般声音。

"嘿,我这辈子还没吹过这么痛快的口哨儿!"

博卡站在空场中央,心里格外感动,他幸福地向他的军队敬礼。现在,他又想起了拿破仑大帝,拿破仑的旧部也是这样爱戴他……

每个人都看到了刚才的那一幕,现在每个人都认清了盖列伯的真实面目。虽然他们并没有听见两个男孩在门口的对话,但他们看见了那些动作,那些动作已经说明了一切。他们看到博卡表示拒绝。他们看到博卡没有跟盖列伯握手。他们看到盖列伯哭了,然后离去。当他在门口停下,转身跟博卡说话的时候,所有人都感到吃惊。

莱西克小声说:

"哎哟……博卡现在会不会原谅他？"

盖列伯最终还是走了，他们看到博卡摇头表示拒绝，所有人的心中都迸发出了激情。当首领朝他们转过身时，空场上响起一片欢呼声。让他们欣慰的是，他们的首领不是一个小孩子，而是一个严肃的男子汉。他们想要拥抱他，亲吻他，但是战争在即，他们只能用呼喊表达他们的情感。他们大声呼喊，使尽全身的气力，几乎扯破了嗓子。

"你是个刚强的小伙子，小老弟！"楚瑙柯什自豪地说。但是他随后意识到自己说错了，连忙纠正说："不，不是'小老弟'……对不起……主席。"

演习就这样开始了。嘹亮的号令声在空中回荡，帕尔街的男孩们在木垛之间勇猛冲杀，碉堡遭受攻击，沙弹左右横飞。一切进行得都很顺利，每个人都清楚自己被分派的角色，这极大增强了他们的士气。

"我们必胜！"呐喊声传遍每个角落。

"我们一定能打败他们！"

"我们要把俘虏绑起来！"

"活捉阿奇·费利！"

只有博卡的神色依旧严肃。

"别让荣耀的错觉冲昏你们的头脑。"博卡告诫大家，"等到战争胜利，我们再尽情欢庆吧！现在，如果谁想回家，可以回去了。我再强调一下——谁明天不能准时到这里集合，谁就是不守信用的人！"

演习虽然结束了,但是谁都不想回家。孩子们三五成群地聚在一起,激动地讨论起盖列伯的事。

鲍劳巴什尖着嗓子大声呼喊:

"腻子协会!腻子协会!"

"你想干吗?"男孩们问。

"开会!"

科尔纳伊突然想起刚才他已经做出了承诺:他必须在会上澄清针对自己的指控,是他使协会的腻子变干了。他懊丧地表示同意。

"那好吧,"他说,"我们现在开会。请尊敬的会员们都到那边去。"

以鲍劳巴什为首的几位"尊敬的会员"一起离开木垛,朝木围墙走去。会议将在那边举行。

"你说吧!赶快说呀!"鲍劳巴什嚷道。

科尔纳伊郑重其事地开口:

"我宣布会议开始。鲍劳巴什举手想要发言。"

"嗯,嗯……"鲍劳巴什摆出一副居高临下的架势清了清嗓子,"尊敬的协会会员们!会长险些因为军事演习而侥幸逃过这次特别会议,我们将在特别会议上剥夺他的会长职权。"

"哎哟!哎哟!"反对派大声喊了起来。

"你们再起哄也没有用。"正在发言的人提高了嗓门儿,"因为我很清楚自己在说什么。会长先生已经利用军事演习将开会的时间推迟了一会儿……但现在绝不能再拖了。因为现在……"

他突然停止了说话,有人在敲木围墙的小门。现在,有丁点儿风吹草动都会让男孩们感到紧张。他们担心是敌军来了。

"这会是谁?"鲍劳巴什问。所有人都警觉地竖起了耳朵。

敲门声又响了起来,而且敲得急促有力,显得有些不耐烦。

"有人敲门。"科尔纳伊一边用颤抖的嗓音说着,一边透过木板间的缝隙向外观察。随后他神色紧张地扭过头对同伴们说:"来了一位先生。"

"一位先生?"

"是的。一位长胡子的先生。"

"那你把门打开吧!"

院门打开,进来了一位衣着考究的男人。他蓄着黑色的络腮胡,戴着一副眼镜,目光慈祥地看着他们,随后站在门槛大声问:

"你们就是帕尔街的男孩?"

"是!"腻子协会的全体成员异口同声地回答。

于是,这位身穿黑色翻

领长披风的男人走了进来。

"我是盖列伯的父亲。"男人说着,顺手关上了身后的小门。

听到这句自我介绍,所有人都安静了下来。既然盖列伯的父亲找上门来,说明情况一定很严重。莱西克轻轻推了一下里希特说:

"快去!赶紧把博卡叫过来!"

里希特撒腿就朝蒸汽锯车间跑去。此刻,博卡正在给几个男孩讲盖列伯干的那些可耻勾当。

留着络腮胡的先生将脸转向腻子协会的人:

"你们为什么把我儿子从这里赶走?"

科尔纳伊说:

"因为他向红衫团出卖了我们。"

"红衫团是什么人?"

"那是另外一帮男孩。他们平时去植物园……但是现在想要占领我们的地盘,就因为他们没有踢球的场地。他们是我们的敌人。"

"我儿子刚才是哭着从这里回家的。我问了他好半天,问他到底出了什么事,但他就是不肯说。最后在我的命令下,他才肯告诉我,说你们怀疑他出卖了你们。于是我对他说,'我现在就戴上帽子去找你的那些朋友,我会向他们问个究竟。如果这事不是真的,我会要求他们向你道歉。但如果是真的,问题就变得很严重,因为你爸爸一辈子为人做事都很正直,不会容忍自己的儿子出卖朋友'。这就是我刚才跟他说的话。我现在找到这里,要求你们告诉我实情,你们凭良心说,我儿子是不是叛徒？是，还是不是？"

对于男人的逼问，男孩们缄口不语。

"是，还是不是？"盖列伯的父亲重复了一遍刚才的话，"你们用不着怕我。请你们告诉我实情。我必须知道，是你们欺负了我儿子，还是他得到了应有的惩罚。"

谁都没有回答。谁也不想让这位看上去心地善良的先生伤心、失望。看得出来，他很看重自己儿子的道德品行。这时候他转向了科尔纳伊。

"你说他出卖了你们。现在你必须提供证据。他是在什么时候出卖的你们？怎么出卖的？"

科尔纳伊结结巴巴地说：

"我……我……我只是听说……"

"那说明不了什么。谁能够证实这件事？谁亲眼看到了？谁知道实情？"

就在这时，博卡和奈迈切克出现在木垛旁。里希特叫来了他们。科尔纳伊长舒了口气。

"您看，"他说，"他来了……就是那个金发小男孩……他叫奈迈切克……是他亲眼看到的。他知道实情。"

他们等着三个男孩向这边走近，但是奈迈切克径直走向了小门。科尔纳伊叫道：

"博卡！你们过来一下！"

"现在不行。"博卡摇头,"稍微等一会儿。奈迈切克病得很重,咳嗽得很厉害……我现在必须先送他回家。"

盖列伯的父亲听到奈迈切克的名字,立即冲着他大声喊道:

"你就是奈迈切克?"

"是。"金发小男孩小声应道,并朝这边走来。盖列伯的父亲用严厉的语调说:

"我是盖列伯的父亲。我之所以来这里,是想知道我儿子到底是不是叛徒。你的朋友们说你看到了,并且知道事情的真相。请你凭良心告诉我,他到底是,还是不是?"

奈迈切克的脸由于发烧而涨得通红。他真的病了,他只觉得太阳穴的血管嘣嘣直跳,两手冰凉,似乎周围的世界也变了样子……这个留着络腮胡、戴眼镜的叔叔对他说话的口吻是那么严厉,就像拉茨老师平时训斥坏学生的那种语气。周围这么多神色惊愕的男孩……战争来了……这么多的兴奋紧张,所有的一切……男人严厉的逼问,他感觉到问题的背后意味深长:假如盖列伯真是叛徒,那他的麻烦可就大了……

"请你回答!"盖列伯的父亲催促说,"你说话呀!赶快回答我!他是叛徒吗?"

金发小男孩的脸烧得通红,眼睛烧得冒火,他终于积攒起一股气力勇敢地回答,语调平静,就像一名罪犯终于决定自首。"不是。他不是叛徒。"

盖列伯的父亲自豪地转向其他人问：

"这么说，你们在撒谎？"

腻子协会的会员们站在那里惊愕不已，没有人发出一丝声响。

"哈哈！"盖列伯的父亲讥讽道，"这么说，你们在撒谎。我早就知道，我儿子是一个品性正直的孩子！"

奈迈切克虚弱得快要站不住了。他怯生生地问：

"我可以走了吗？"

盖列伯的父亲嘲讽道：

"你可以走了，你这个无所不知的小东西！"

奈迈切克在博卡的搀扶下步履蹒跚地走到街上。此刻，他眼前的一切都变得模糊不清。他什么都看不见了。恍惚中，那个黑衣男人、街道和一个个木垛都在他的眼前舞蹈，奇怪的话语在他耳边嗡嗡回响。"弟兄们，上碉堡！"一个声音呼啸而过。另一个声音响起："我儿子是叛徒吗？"以及黑衣男人嘲讽的笑声，他的嘴巴越笑越大，大得就像学校的大门……拉茨老师从校门里走了出来……

奈迈切克摘下帽子，恭敬地致意。

"你在跟谁打招呼？"博卡问他，"这整条街上，一个人都没有。"

"跟拉茨老师。"奈迈切克小声说。

博卡难过得哭了。在渐渐变暗的街道上，他扶着他的小伙伴急匆匆地回家。

空场内，科尔纳伊走到盖列伯的父亲跟前说：

"奈迈切克是个撒谎精。我们已经宣布他是叛徒,并把他从腻子协会开除了。"

盖列伯的父亲高兴地补了一句:

"从他的长相就可以看出来。一脸狡猾样,心地不善良。"

他高兴地回家准备原谅他的儿子。在于律伊大街街角,他看到博卡正搀扶着摇摇晃晃的奈迈切克在诊所门前过马路。这时候,奈迈切克哭了,哭得格外悲伤、痛苦,将一名士兵深埋在心底的所有痛楚一股脑儿地哭了出来,并且一边哭,一边嘟囔着:

"他们用小写字母写我的名字……他们居然用小写字母,写下我那可怜而纯洁的名字……"

第七章

第二天上午的拉丁语课上,教室里洋溢着欢快的气息,就连拉茨老师也觉察到了。

男孩们躁动不安地坐在课椅上,总是走神儿。正在回答问题的同学也心不在焉。不仅帕尔街的男孩们处于这种反常状态,其他孩子也是,甚至可以这么讲:全校的学生都是如此。帕尔街的男孩们做战前准备的消息很快传遍了整个校园,就连七年级和八年级的同学也对此产生了极大兴趣。整个学校的孩子们都希望帕尔街的男孩们获胜。因为红衫团的人都在另一所学校读书,有人甚至将这场战斗的胜败跟学校的荣誉联系到一起。

"你们怎么了?"拉茨老师不耐烦地询问大家,"你们躁动不安,心神不宁,脑子里肯定在想别的什么事情!"

不过,他并没有追问这群男孩到底怎么了,只是为自己敏锐的洞

察力感到得意。毫无疑问,今天是全班人最不安分的一天。他用不满的口吻继续说:

"当然,春天到了,弹球、踢球……现在没心思上学了!小心我以后会惩罚你们!"

但他只是说说而已,拉茨先生是一位看上去严厉,但心地善良的人。

"你可以坐下了!"他对那位回答问题的同学说,随后翻看手中的花名册。

这种时候,班里总是一片死寂。每个人都屏住呼吸,就连早已预习过的同学也不例外,眼睛紧盯着老师慢慢翻看花名册的手指。男孩们清楚谁的名字写在花名册的哪一页。当老师的手翻到后面几页时,名字首字母为 A 或 B 的学生终于能松一口气。当老师又从花名册的后面翻到前面时,名字首字母为 R、S、T 的同学心情顿时变得轻松起来。

老师继续翻看花名册,然后轻声叫道:

"奈迈切克。"

"他没来!"全班人齐声回答。帕尔街的一个男孩解释说:

"他病了。"

"什么病?"

"感冒。"

老师扫了一眼全班同学,只说了一句:"你们为什么不照顾好自己?"

帕尔街的男孩们你看看我,我看看你,都不作声。他们都很清楚奈迈切克到底为什么没照顾好自己。他们在教室中的座位比较分散,有的坐在第一排,有的坐在第三排。更不要说,楚瑙柯什坐在最后一排。即使这样,他们还是能交换眼色,从每个人的脸上都可以读出来:奈迈切克是为了某件高尚的事情才感冒的。简而言之,奈迈切克是为了保卫自己的家园感冒的,他泡了冷水澡,而且泡了三次:一次意外落水,一次为了荣誉,还有一次是被迫的。谁都不愿意泄露这个巨大的秘密,但事实上所有人都已经知道。腻子协会内部有人发起了倡议,旨在将奈迈切克的名字从小黑本里删除。只是在这个问题上,会员的意见没能达成一致:是先把小写字母改成大写字母,然后再删掉,还是干脆直接删掉?仍然担任会长的科尔纳伊提议,应该把奈迈切克的名字直接删掉。鲍劳巴什则认为,应该先给奈迈切克恢复其名字的尊严。

不过,现在这些问题都不重要。大家的关注点都集中在今天下午将要爆发的战争上。拉丁语课结束后,许多同班同学找到博卡,主动要求参战,想助他们一臂之力,但都被博卡婉言谢绝。博卡对每个同学都这样说:

"很遗憾,我们不能接受你的帮助。我们必须自己保卫自己的领土。也许红衫团的兵力比我们强大,但是我们会以智取胜。无论结局怎样,我们都想自己战斗。"

143

这件事引发了越来越多人的兴趣和关切,不仅其他班级的同学自告奋勇地报名参战,就连那个在校门口卖土耳其蜂蜜糖的意大利小贩,也在一点钟后孩子们放学回家的必经之路上向博卡表示,他愿意为帕尔街的男孩们效力。

"小伙子,"他说,"如果你肯让我去的话,我一个人就可以把他们全都扔出去!"

博卡微笑着婉言谢绝:

"这件事还是交给我们自己来做吧,我的老朋友!"

博卡急匆匆地往家赶。在学校门口,同学们将帕尔街的男孩们团团围住,向他们提出各种各样实用的建议。有的同学甚至教帕尔街的男孩们怎样绊倒敌人,有的同学愿意为他们刺探情报,还有的同学提出请求,希望能允许他们从头到尾在现场观战……但是没有一个人的建议或请求得到了应许。博卡下了一道严肃的军令:在战斗开始时必须把门关上,只有在向外驱赶敌军时,门卫才可以打开院门。

这些交谈仅仅持续了几分钟,帕尔街的男孩们就都散去了,因为两点钟之前,他们必须赶到空场上集合。在一点一刻左右,学校大门附近就没什么人了,卖土耳其蜂蜜糖的小贩也开始收摊,学校的门房师傅在静静地抽烟斗。他一边抽,一边用挖苦的口吻奚落卖蜂蜜糖的小贩:

"唉,你在这里也待不了几天了。我们很快就会禁止你贩卖这些垃圾!"

144

小贩什么话都没说,只是无所谓地耸了耸肩膀。头戴土耳其毡帽的他,自认是一个有修养的绅士,不愿搭理这个出言不逊的学校门房。尤其是在这种时候,他认为这个身份低微的门房师傅说得对。

两点钟整,当博卡头戴红绿相间的帽子出现在空场的大门口时,几乎全部人马都已按照军人的队列整齐地站在空场中央,只缺少一位——奈迈切克。此刻他正因病躺在家中。因此,就在帕尔街的男孩们准备与敌人决一死战的这一天,就在战争即将爆发的这一天,这支部队突然变成了一支没有士兵的部队。在场的所有人都是军官——上尉、中尉或少尉,而唯一的士兵却昏昏沉沉地躺在家里。确切地说,躺在拉科什街一座带庭院的小屋里,躺在家中的一张小床上,他病得很重。

博卡立即进入了状态,他用军人的语调高声喊道:

"全体注意!"

所有人立正。博卡大声宣布:

"现在我宣布,我将卸掉'主席'的头衔,因为这个头衔只用于和平时期。现在我们进入战时状态,身为全军总司令,我将使用'将军'头衔。"

此时此刻,所有人都心潮澎湃,斗志昂扬。在战争即将爆发的这一天,在这个生死攸关的重大关头,博卡宣布使用"将军"头衔,这确实是振奋军心的历史时刻。他说:

"现在,我最后再讲一遍我们的作战计划。希望每个人都牢记在

心,别有任何误解。"

尽管每个人对作战计划都能倒背如流,但当博卡讲解的时候,他们还是紧张地注视着他,生怕漏掉一个标点符号。

作战计划讲完后,将军发出一道简短的命令:

"各就各位!"

队伍眨眼间散开。只有齐莱,那个英俊的齐莱,留在了博卡身边,替代病中的奈迈切克履行副官的重要职责。他身上斜挎着黄铜的小号,这是他们用公款买来的,总共花了一个福林和四十枚铜币,包括了腻子协会的全部会费——二十六枚铜币,那是被他们的军事统帅以军事目的收缴去的。

这是一支漂亮的小号,它的声音跟军号没什么区别。用这支小号总共能吹出三种号令:一种表示"敌军来了",另一种表示"冲锋",第三种表示"所有人迅速撤回到将军身边"。在昨天的军事演习中,男孩们都掌握了这三种号令。

哨兵爬上木围墙执行瞭望任务。他骑坐在墙头,将右腿搭在帕尔街一侧,冲院内喊道:

"将军!"

"哎,什么事?"

"向您报告,有一位女仆拿着一封信想进到空场!"

"她来找谁?"

"她说找将军!"

博卡走到木围墙前。

"看清楚点！会不会是红衫团的人男扮女装来打探消息？"

哨兵将头探向街道，身子一歪，险些栽了下去。随后，他报告说：

"报告将军！我看得很清楚，是位真的女士！"

"哦，既然是位真的女士，那就可以放她进来！"

博卡走过去打开门。那位真的女士走进来，环顾空场。她确实是一位真的女士，没有戴头巾，穿着拖鞋就赶来了，估计她刚刚收拾完厨房。

"盖列伯少爷托我捎来一封信。"她说，"少爷说，十万火急，并等待回音……"

博卡撕开这封信，信封上写的收信人是：

帕尔街少年

前途无量的博卡主席亲启

严格地说,这算不上一封信,只能说是一沓纸片。里面有各种各样的纸:打字纸,信纸,他姐姐的一页便笺,普通白纸……各种各样,正反两面全都写满了字。他一张一张地读起来。信的内容如下:

亲爱的博卡!

我当然知道,即使在信里你也不愿意跟我说话,但是在我跟你们彻底断交之前,我还是想将写信当作我的最后一次努力。现在,我不仅认识到自己的错误,而且还感受到你们对我的一片好心,因为你们在我父亲面前是那么善良,特别是奈迈切克,他否认我出卖了你们。我父亲因为我被证实没有背叛朋友而感到骄傲,当天就给我买了一本儒勒·凡尔纳的《烽火岛》,我很早就求他给我买这本书,终于如愿以偿。我立即去找奈迈切克,并把这本书作为礼物送给了他,这本书我自己还没有读呢,其实我非常想读它。我父亲第二天问我:"书怎么没了?你这个没出息的孩子!"我一时不知道该怎么回答,我父亲又说:"你这个不争气的东西,是不是已经把书卖给了旧书店?好吧,既然如此,你以后别想再从我这里得到任何东西!"随后他就开始惩罚我——没有给我午饭吃。但我并不后悔。可怜的奈迈切克因为我承受了那么多无辜的折磨,现在我也心甘情愿为他承受一点点无辜的折磨。这桩小事我只是顺便讲给你听,并不是我真正想说的最重要的事情。昨天,在学校里你们谁都没有搭理我,我始终在想,我怎样才能弥补自己犯下的错误?最后,我想出了办法:我在哪里犯的错误,那我就在哪里弥补。吃完午饭,我很难过地离开了你们。因为你不愿意接受我回到你们中间,于是我径直去了植物园,想帮你们打探一些消息。我模仿奈迈切克,爬上了岛上的那棵大树,奈迈切克就曾在那棵树上蹲了整整一个下午。当然,我去的时候,岛上还没有一个红衫团的人。四点钟后,他们终于来了。他们大骂了我一通,我在树上听得清清楚楚。现在我并不后悔,因为我感到我又成了帕尔街男孩中的一员。不管你们怎么把我赶走,我的心是赶不走的,所以我感觉跟你们重新在一起了。即使你嘲笑我,我也不在乎。忽然,我听到阿奇·费利讲:"这个盖列伯最终还是他们的人,并没有真正地背叛他们。据我观察,他更像是帕尔街的男孩们派到这里当间谍的。"你知道吗?当我听到这话时,高兴得差点儿哭出来。他们开了作战会议,我听到了每句话。他们说,既然奈迈切克已经把所有情报都刺探走了,那么今天就没必要发起进攻,因为你们已经做好了准备。所以,他们决定把进攻的日子推迟到明天。他们还想出了一个狡猾的主意,可是由于他们说话的声音太低,我必须向下爬过两根树枝才可能听清。我刚往低处爬了一点儿,他们就听到了树上的响动。文道尔说:"不会又是那个奈迈切克藏在树上吧?"但是谢天谢地,这只是一句玩笑话,并没有人抬头往树上看。不过即使他们看,也不会看到我,因为树上的枝叶非常茂密。你已

经知道了奈迈切克偷听来的内容,所以他们决定明天用同样的方式攻击你们。因为阿奇·费利这样推测:"现在,这些人肯定会想当然地认为,既然奈迈切克已经听到了所有内容,我们肯定会改变作战计划。但是我们偏不改变计划。"这就是他们做出的决定,随后他们进行了军事演习。我冒着巨大的危险,一直在树上蹲到六点半。你可以想象,万一他们发现了我,将会发生怎样可怕的事情!我的手累得几乎无力支撑自己,如果他们到了六点半还不离开小岛,那么我很可能会像一只熟透了的桃子,从树上掉到他们中间,而我并不是桃子,那棵树也不是桃树。我只是开个玩笑而已,想来前面写的那些内容才是主要的。六点半后,等岛上终于恢复了宁静,我才敢爬下树来,悄悄溜回家。吃过晚饭,我在烛光下学习拉丁语,因为我整个下午都没有学习。亲爱的博卡,现在我只想求你一件事。请你相信,我写的一切都是真的,别把它们当成谎言,别认为我是红衫团的奸细,目的是想误导你们。我之所以写下这些,是因为我渴望回到你们中间,想得到你们的原谅。我将是你们的忠实卫兵,即使你把我的中尉军衔撤除,我也心甘情愿,我愿意当士兵。再说你们现在已经没有士兵了,因为奈迈切克病了,只有扬诺的大黑狗是唯一的士兵。准确地说,它不是士兵,只是条战犬。不管怎么说,我是个男孩。如果你们能够原谅我,允许我回去,我今天就能归队,我将在战场上跟你们并肩作战。我会在激烈的战斗中杀敌立功,弥补我的过错。请你告诉玛丽我能不能回去。如果你捎信说我可以回去,那我马上就到!因为当玛丽将信交给你时,我就站在帕尔街5号的大门口等你的答复。

你忠实的朋友盖列伯

博卡读完了信,感觉盖列伯说的是实话,他是真心悔过,应该允许他归队。他打了一个手势,将副官齐莱叫到跟前。

"副官,"他说,"请马上吹响第三种号声,召集所有人到将军这里开会!"

"请问您想怎么答复他?"玛丽问。

"等一下,玛丽。"将军用命令的口吻说。

听到齐莱吹响的嘹亮号声,男孩们略带犹疑地从木垛那边走过来,不明白将军为什么要招呼他们到他身边。但当他们看到博卡平静地站在空场上时,心里不再打鼓,不到一分钟就在司令官面前排好队列。博卡大声朗读了盖列伯的信,然后问道:

"我们可以让他回来吗?"

这些男孩都很善良,富于同情心,他们齐声回答:

"可以!"

博卡转向女仆,郑重地说:

"请你转告他,他可以回来。这就是我的答复。"

玛丽对这里的一切——这支部队、红绿色的帽子、各种兵器——感到十分震惊……她迅速转身出了院门。

等女仆走后,空场上只剩下男孩们。将军大声喊道:"里希特!"里希特一步跨出队列。"我将把盖列伯安排到你手下。"随后他又低声叮嘱,"你要暗中观察他,一旦发现有可疑之处,立即抓捕,把他关进小木屋。我相信事情不会发展到那个地步,但是小心总不会错。好了,今天休整,不会开战,这个你们已从信里知道了。我们的作战计划不变,留到明天执行。既然他们不改变作战计划,我们也不改。"

他还想继续说下去,但是小门突然被推开了!刚才女仆离开后,院门没有关。盖列伯激动地冲了进来,脸上洋溢着兴奋的光芒。他看到整齐列队的伙伴们,脸上顿时露出了微笑。他径直走到博卡跟前,在伙伴们的注视下,将手举向头上的帽檐。

他行了一个军礼,说:

"将军,我到了!"

"很好。"博卡平静地说,"先派你到里希特手下,暂时作为士兵。我要看你作战时的表现,如能立下战功,胜利后将恢复你的军衔。"

随后,博卡转向全体队员:

"严禁你们所有人跟盖列伯谈论他犯过的错误。既然他想改正,我们就原谅他。任何人都不准歧视他或责备他。当然,我也禁止他本人谈论这个话题,因为这件事已经结束了。"

空场上一片寂静。男孩们心里都暗自佩服:"博卡真是一个天生的将才,既聪明机智,又公正周全。"

里希特随即开始向盖列伯布置他明天的任务。博卡向齐莱交代着什么。正当他们平静地交谈时,始终骑坐在墙头的哨兵突然将垂在墙外的右腿收了回来,脸上现出惊恐的表情,结结巴巴地喊道:

"将军……敌军到了!"

博卡闪电般地冲到门口,闩上院门。所有人将目光投向盖列伯。此刻,他正脸色煞白地站在里希特旁边。博卡愤怒地质问他:

"你说谎了吗?!难道你又骗了我们?!"

盖列伯惊得一时说不出话来,里希特一把抓住他的胳膊。

"你说,这是怎么回事?"博卡厉声喊道。

盖列伯费了很大劲,终于磕磕巴巴地说:

"也许……也许他们发现了我在树上……所以将计就计,故意误导我……"

哨兵向街上又望了一眼,然后从墙头跳下,拿起自己的武器,站进队列。

"红衫团来了!"

博卡走到门口,将门打开,勇敢地走到门外的街上。来的确实是红衫团的人,但是只有三个,他们是帕斯托尔兄弟和塞拜尼奇。他们远远看见了博卡,塞拜尼奇立即从外套下掏出一面小白旗,挥着白旗向博卡示意,并大声喊道:

"我们是特使!"

博卡转身回到空场上。面对盖列伯,他为自己轻率的怀疑有些惭愧,对里希特说:

"放开他!来的只是特使,他们打着白旗。对不起,盖列伯!"

可怜的盖列伯终于舒了一口气,他险些陷入无法解释的尴尬。都怪那个哨兵。

"你在报告敌情之前,先要看清楚!"博卡用责备的口吻说,"你这个没有经验的胆小鬼!"随后他果断地下达命令:"所有人都向后转,到木垛后待命!只有齐莱和科尔纳伊留在这里。立即行动!"

大部队迈着军人的步伐朝防御工事走去,很快消失在木垛后。最后一顶红绿色的军帽刚在视野里消失,博卡就听到了红衫团使者敲门的声音。副官齐莱为他们打开门。三位使者走了进来。他们都穿着红汗衫,戴着红帽子,没有携带武器。塞拜尼奇高举着白旗。

博卡清楚在这种情况下他该怎么做。他将自己的长矛靠在木围墙上,表示他的手里也没有武器。科尔纳伊的反应很快,立即仿效博卡放下了兵器,齐莱也不假思索地将手中的小号放到了地上。

大帕斯托尔上前两步,问:

"我能否有幸与贵军的司令官谈一下？"

齐莱应道：

"可以！他现在是我们的将军。"

"我们是被派来送信的。"大帕斯托尔说，"我是使团负责人。我们来这里的目的是以我们首领阿奇·费利的名义向你们递交战书。"

当大帕斯托尔提到首领的名字时，三名使者全都立正敬礼。出于礼节，博卡也抬起手来向他们致意。大帕斯托尔接着说：

"我们不希望让对手毫无准备地应战。我们将在明天下午两点半准时向这里发起进攻。我想说的就是这些。请答复。"

博卡认为，这是一个非常重要的时刻。他的声音略显颤抖：

"我们接受战书。不过，我们必须达成一个协议，不要让这场战争发展成打群架。"

"我们也不希望那样。"大帕斯托尔严肃地说，仍保持着他平时说话时低头的习惯。

"我想，"博卡继续说，"我们只能使用三种作战方式：沙弹，正规的摔跤，拼长矛。你们清楚这些规则，对吗？"

"是的。"

"摔跤时，如果谁的两边肩膀都着地，那就算输了。输了的人就不能再摔跤，但可以采用另外两种作战方式继续参战。这个你们同意吗？"

"同意。"

"不能用长矛打架,更不能刺伤对方。只能拼打。"

"是这样的。"

"不可以两个人打一个人,但是双方军队可以互攻。这个你们接受吗?"

"接受。"

"那我该说的就都已经说完了。"

博卡说完行了一个礼,齐莱和科尔纳伊也跟着他行礼。特使们回礼。随后大帕斯托尔问:

"我还有件事情,我们的首领托我们打听一下,奈迈切克的身体怎么样了?我们听说他生病了。如果真是这样,我们的首领委托我们代为探望,因为他上次在我们那里表现得十分勇敢,我们十分敬重这样的对手。"

"他住在拉科什街3号。病得很重。"

随后是一阵无声的敬意。塞拜尼奇再次举起白旗,大帕斯托尔大声喊道:"出发!"红衫团的特使们走了出去。很快,街上又能听见嘹亮的小号声,这是帕尔街男孩们的司令官再次将队伍召集到自己身边,向他们讲述刚发生的事情。

三位红衫团特使脚步匆匆地朝拉科什街走去。他们在奈迈切克家门前停下,看到一个小女孩站在大门口,问她:"奈迈切克住在这里吗?"

"是的。"

小女孩说完就带着他们来到一间破旧的平房门前。奈迈切克一家就住在这里。屋门旁边钉着一块刷成蓝色的铁牌,上面写着"裁缝奈迈切克·安德拉什"。

他们进到屋里,礼貌地问候,然后说明了他们的来意。奈迈切克的母亲是一位瘦小的金发妇人,奈迈切克长得很像她。她领着他们走到里屋,奈迈切克躺在里屋的床上。塞拜尼奇举起白旗,大帕斯托尔走上前去,关切地说:

"阿奇·费利向你致以真心的问候,祝你早日康复。"

这个身材瘦小的金发男孩脸色苍白、头发蓬乱地躺在枕头上。听到这句话,他挣扎着坐了起来,笑得很开心,说了第一句话:

"战斗什么时候开始?"

"明天。"

听到这话,他的脸上流露出了伤感。

"明天我去不了。"他沮丧地说。

特使们没有直接回应这句话,只是依次跟奈迈切克握手。神情严肃的大帕斯托尔颇为动情地说:

"请你原谅我!"

"我原谅你。"金发小男孩用微弱的声音说。他开始咳嗽,不得不躺回到枕头上。塞拜尼奇帮他调整了一下头下的枕头。随后,大帕斯托尔说:

"好了,现在我们得走了。"

塞拜尼奇重又举起白旗。三个人走出卧室,来到厨房。在那里,奈迈切克的母亲抽泣着说:

"你们都……都是好孩子,都这么可爱……这么喜欢我可怜的儿子……所以……所以……你们三个现在都能得到一杯热巧克力。"

使团的三位成员你看看我,我看看你。热巧克力的确很具诱惑力。但是大帕斯托尔还是走上前去——他没有把头低下,而是昂起了有着一头漂亮棕发的脑袋,骄傲地说:

"我们不配喝热巧克力。出发!"

他们朝屋外走去。

第八章

开战这天是一个美丽的春日。

清晨下起了小雨。课间休息时,男孩们忧心忡忡地望着窗外。他们担心这场雨会使战斗化为泡影。但是快到中午时,雨停了,天空晴朗如洗,春日阳光已经灿烂普照,晒干了石头铺的路面,气温也升高了,清新的香气从布达山上飘散下来。这是可遇而不可求的最佳作战天气。堆在碉堡里的沙弹虽然被雨水浸透了,但下午的时候已经基本晒干,这样的沙弹更具杀伤力。

一点钟时,校园里响起一片匆忙奔走的嘈杂声,每个人都急着往家赶。刚到差一刻两点,将士们就已经聚集在了空场上。有的人把没吃完的面包揣进了衣服口袋,现在才得空掏出来啃。此刻,他们已不像昨天那么紧张又兴奋。想来,昨天他们还不知道将要发生什么,然而那三位敌方特使的到来消除了他们的紧张和焦虑,使他们冷静了

下来,耐心地等待。他们现在已经知道了敌军会在什么时候来,可以预想战斗会如何进行。所有人都被激发出了强烈的战斗欲,急不可待地想要投入这场生死之战。不过在战斗开始前的半个小时里,博卡对原定的作战计划做了一些变动。男孩们聚到一起后,惊愕地发现4号、5号碉堡前横亘了一条又宽又深的壕沟。他们吃惊地猜想这肯定是敌人挖的,于是急忙问博卡:

"你看见那道壕沟了吗?"

"当然看见了。"

"是谁挖的?"

"扬诺在今天清晨挖的。是我让他挖的。"

"挖它干吗?"

"有了这条壕沟,我们的作战计划也会相应修改。"

他看了一下自己的笔记,叫来了 A 营和 B 营的指挥官。

"你们看到这条壕沟了吗?"

"看见了。"

"你们知道什么是战壕吗?"

他们不太清楚。

"战壕的用途是,"博卡说,"可以让部队埋伏在里面而不被敌军发现,然后选择适当的时机投入战斗。我们改变一下作战计划,你们不用守在临近帕尔街的小门附近,我发现那样安排不是很好。现在,你们两个营都埋伏在战壕里,当敌军从帕尔街那边冲进来后,我们先从碉堡上对他们进行轰炸,把他们吸引到碉堡方向,他们不会注意到碉堡脚下的这条战壕。当敌军距离战壕还有五步远时,你们从战壕里站起来,用沙弹对他们发起突然袭击。与此同时,碉堡上的守军继续向敌人开火,你们要趁他们被打得措手不及时冲出战壕,全线反击。但你们需要注意,不要立即将敌军朝大门驱赶,而是要等我们的另一支部队收拾掉从玛利亚街方向入侵的敌军,当我下令吹响冲锋号时,你们再将他们朝大门方向驱赶。因为,当我们把从玛利亚街方向入侵的敌军都关进小木屋后,我会让 1 号、2 号碉堡的守军转移到其他碉堡,同时将玛利亚街那边的部队调过来增援你们。所以,你们在援兵到来之前,只需要挡住他们的进攻就可以。你们听明白了吗?"

"听明白了!"

"当我下令吹响冲锋号时,我们的兵力会是敌军的两倍,因为他们有一半人已经被关在了小木屋里。根据规则,团体作战时,即使我们人多也不算违规。只有在单兵作战时,才不能二对一。"

博卡说这番话时,扬诺推着一车沙子来到战壕前,他先用镐头整理了几下战壕,然后往里倒了一小推车的沙子。

碉堡里的守军正在木垛上矫捷而忙碌地进行备战工作。碉堡加高后,男孩们弯腰时从外面看不见,站直时才露出来脑袋,他们在忙着制作沙弹。好几座碉堡上插着一面迎风飘舞的红绿色小旗,只有3号碉堡上没有,那里缺的正是被阿奇·费利拿走的那面旗子。他们之所以没在这座碉堡上插旗子,是因为他们发誓要把那面战旗夺回来!

那面历经磨难的战旗最后一次出现在盖列伯的手里。最初,阿奇·费利拿走了它,红衫团把它藏在了兵器库里。奈迈切克找到了它,并将它带走,但他在细沙上留下的小脚印被敌军发现了。在那个令人难忘的夜晚,奈迈切克勇敢地从大树上跳下来,如神兵天降一般出现在红衫团的成员中间。帕斯托尔兄弟将那面旗子从他手中夺走,放回红衫团的秘密兵器库里,跟银色的战斧放在一起。不久前,盖列伯又把它拿了回来,想用它向帕尔街的男孩们表示忏悔,弥补过错,但是遭到了博卡的严肃拒绝。博卡说,他们不要偷回的旗帜,而要堂堂正正地把它夺回来。

就在昨天,红衫团的使团离开帕尔街男孩们的帝国后,帕尔街的使团就带着盖列伯留下的那面旗子动身前往植物园。

他们到达那里时,红衫团正在岛上开会。齐莱率领的使团里还包括维斯和楚瑙柯什两位使者。齐莱揣了一面白旗,维斯将红绿色旗子卷在一张报纸里,拿在手中。

在小木桥上站岗的哨兵拦住了他们:

"站住,你们是谁?"

齐莱从外套内侧的兜里掏出一面白旗,高高举起。但是他一句话都没有说。哨兵一时不知如何是好,于是冲着岛上喊了一声:

"呼哟,嗨吼!有陌生人来!"

听到喊声,阿奇·费利朝小桥走去。他当然清楚白旗意味着什么,于是下令放使团上岛。

"你们是特使吧?"

"是的。"

"你们有何公干?"

维斯上前一步说:

"我们把这面旗子送回来,它是你们从我们手里夺走的。虽然已经回到了我们手里,但我们并不需要以这种方式拿回来。明天我们交战时,请你们把它带过去,如果我们能从你们手里把它夺回来,那我们就夺回来,万一我们夺不回来,那它还是你们的战利品。这是我们的司令官托我们捎来的口信。"

齐莱说完,朝维斯递了一个眼色,维斯将红绿色旗子从报纸卷里取出来,在交给对方之前,他亲吻了一下战旗。

"兵器库主管塞拜尼奇！"阿奇·费利大声喊道。

"他不在！"茂密的树林里传出一声回答。

齐莱说：

"他刚才作为特使去了我们那里。"

"对。"阿奇·费利说，"我把这事忘记了。那就请他的副手过来！"

有人拨开灌木丛，动作矫捷的小个子文道尔来到他们的团长跟前。

"你把旗子从使者手里接过来，"阿奇·费利吩咐说，"把它存放在兵器库里！"

随后，他转向特使：

"请向你们的首领转告我的答复。明天交战时，我会让兵器库主管塞拜尼奇把这面旗子带过去。"

齐莱正准备举起白旗，告辞离开。红衫团团长又开口问：

"这面旗子是不是盖列伯给你们拿回去的？"

一阵沉默。没有人答话。

阿奇·费利又问：

"是不是盖列伯？"

齐莱立正回答：

"我没被授权回答这样的问题。"他说话的口吻就像一名军人，随后向手下的两名使者发出命令："预备！出发！"

他神气地转身，将敌军首领晾在了那里。大家都说齐莱十分注重自己的形象,果然名不虚传。他确实动作潇洒,风度翩翩,言谈举止很有军人风采。他不会向敌人出卖任何人,哪怕是叛徒他也不会出卖。

阿奇·费利感到有些受挫。文道尔拿着旗子站在那里发愣。团长恼火地冲他喊道:

"你还愣在那里干什么?还不赶快把旗子放回去!"

"遵命!"文道尔若有所思地走了,心里暗想:"帕尔街的男孩们还真是很棒!你看,这已经是他们中的第二个人击败了可怕的阿奇·费利!"

就这样,那面旗子又回到了红衫团手里。由于这个原因,3号碉堡上没有旗帜。这时候,哨兵们已经骑坐到了木围墙的墙头。其中一名哨兵骑坐在临玛利亚街的墙头,另一名骑坐在临帕尔街的墙头。在木垛那边,盖列伯从紧张忙碌的人群中出来,走到博卡跟前,啪地打了一个标准的立正。

"报告将军,我有一个请求。"

"什么请求?"

"将军今天安排我在3号碉堡担任炮手。您说因为那座碉堡位于关卡,十分险要,还因为那里缺少我曾经拿回来的那面战旗。"

"是的。你有什么意见吗?"

"我想请求您把我派到更危险的地方。我已经跟被安排在战壕中担任伏击任务的鲍劳巴什交换了岗位。他是一位优秀的投弹手,在碉堡里更能发挥他的特长。我希望能在前线作战,与敌人肉搏,而且冲

锋时我要冲在第一排。请您批准我这个请求。"

博卡上下打量了一下盖列伯：

"你终归还是一个棒小伙儿,盖列伯！"

"您能批准吗？"

"我批准！"

盖列伯激动地敬了一个军礼,但还站在将军跟前没有离开。

"哎,你还有什么想说的？"博卡问他。

"我只是想说,"盖列伯略带羞窘地回答,"我很高兴能听到您说'你终归还是一个棒小伙儿',但让我感到十分心痛的也是因为您的这句话'你终归还是一个棒小伙儿'。"

博卡的脸上露出了微笑：

"这不能怪我。原因出在你自己身上。现在别太敏感了。向后转,出发！赶快回到你的岗位！"

盖列伯走了。他高兴地跳进战壕,立即动手用潮湿的沙子制作沙弹。一个浑身是土的男孩从战壕里爬出来,他是鲍劳巴什。他大声问博卡：

"你真的批准了？"

"我批准了！"将军大声回答。

不管怎样,大家对盖列伯还是不能百分之百地信任。一个曾经背叛过别人的人,很难再次赢得别人的信任。即便他讲的是真话,还是需要亲自核实一下。听到将军这样回答,鲍劳巴什打消了疑虑,爬上位于要塞的那座碉堡。如果你从下往上看,可以看到他在向碉堡指挥官敬礼。但是转眼之间,那两个大脑袋就消失在了碉堡里——他们也在忙着备战,把新做的沙弹堆成一堆。

时间就这样过去了几分钟。但这短短的几分钟,在男孩们的心里就像是漫长的几个小时。他们渐渐失去了耐心,于是有人开始大声议论:

"他们会不会改变了主意?"

"说不定他们害怕了!"

"可能他们又有什么诡计!"

"他们不来了。"

两点过了几分钟,副官将命令传达到各个营地和每座碉堡:大家停下手中的活儿,进入战斗状态,将军做最后一次巡视。当副官将命令传达到最后一块阵地时,博卡已经出现在第一块阵地。他沉默不语,表情严肃,首先视察了防守玛利亚街的部队。那里一切正常。两个营分别守在大门的两侧,两位指挥官跨前一步,向将军敬礼。

"很好。"博卡满意地点点头说,"你们清楚自己的任务吧?"

"清楚!我们假装逃跑。"

"然后从后面攻击。"

"遵命,将军!"

随后,博卡检查了小木屋。他推开屋门,将生锈了的钥匙插进锁眼,转动钥匙,检查门锁是否管用。接着,他视察了三座碉堡,每座碉

堡上都站着两个小伙子,他们的脚下堆满了沙弹。3号碉堡的沙弹数量至少是其他碉堡的三倍。这是最重要的一座碉堡。当将军视察到这里时,三位炮手庄重地立正。4号、5号和6号碉堡里堆放着备用的沙弹。

"这些炮弹你们别用!"博卡嘱咐说,"这些炮弹用途特殊,一旦我下令调集其他碉堡的炮手过来,这里必须有炮弹供他们使用。"

"明白,将军!"

5号碉堡里的气氛极其"紧张",以至将军出现在这里时,一位紧张过度的炮手冲他喝道:

"站住,你是谁?!"

另一名炮手赶紧用手肘捅了他一下。博卡恼火地呵斥:

"你连你的将军都不认识了?"他接着又说,"这样的家伙应该马上枪毙!"

这名紧张的炮手吓得浑身哆嗦。他并没有反应过来,在这里他不可能真的被枪毙。甚至连博卡都没意识到自己竟会说出这样的蠢话——平时他很少这样失态。

他来到战壕边。两个营的士兵正蹲在深深的战壕里。盖列伯也在其中,脸上浮现出满足的笑容。博卡登上战壕旁的一个土堆。

"弟兄们!"他情绪激昂地大声喊道,"这次战斗的成败,完全取决于你们的战斗力!在玛利亚街的部队完成任务之前,你们只要能阻挡住敌军的进攻,我们就肯定能赢得这场战役!你们要记住我的话!"

战壕里响起一片震天的吼声作为回应。蹲在壕沟里的将士们斗志高昂。平时他们都是爱说爱笑的孩子，此刻虽然振臂高呼，挥舞帽子，但并没有忘记纪律，没有一个人站起身来。

"安静！"将军喊道。

他踱步走到空场中央。科尔纳伊拿着军号已经等在那里。此时，科尔纳伊已经接替履行使者重任的齐莱担任副官。

"副官！"

"请吩咐！"

"我们得找一个能够看到整个战场的位置。司令官通常要站在山头统观战局。我们爬到小木屋的房顶上去吧！"

很快，他们俩站到了小木屋的房顶上。军号在阳光下金光闪闪，给副官平添了威武的气概。碉堡里的炮手指着他们，悄声议论：

"你看……"

这时，博卡从衣兜里掏出那副剧院望远镜，它曾在植物园里派上过用场。他将望远镜的背带挎在肩头，此时此刻，他感觉自己跟伟大的拿破仑大帝相差无几。毫无疑问，他是全军统帅，所有人都在等他一声令下。

我应该像历史学家那样记录下准确的时间，六分钟后，帕尔街方向突然响起了号声。然而，这不是他们熟悉的号声。听到这个号声，守在各个阵地的男孩们突然紧张起来。

"他们来了！"大家迅速传递这个消息。

博卡的脸色有些苍白。

"现在,"他郑重地说,"到了决定我们帝国命运的时刻了!"

不一会儿,两名哨兵跳下围墙朝小木屋跑去。司令官就站在房顶上。他们在小木屋前停下,敬礼报告:

"将军,敌军来了!"

"知道了,你们赶快回到各自的阵地!"两位哨兵立即跑向各自的部队。一名哨兵跳进战壕,另一名哨兵则加入玛利亚街那边的守卫

营。博卡举起望远镜,低声吩咐科尔纳伊:

"把军号放到嘴边!"

科尔纳伊听从命令,迅速举起小号。博卡将望远镜从眼前移开,脸色红涨,用急切的语调下令说:

"吹号!"

嘹亮的军号声响彻天空。

红衫团已经兵分两路,来到空场的两个门口。他们手持长矛,银色的矛头在阳光下闪闪发亮。他们都身穿红汗衫,头戴红帽子,看上去如同红色的怪物。他们的号手也吹响了冲锋的号令,敌我双方的激昂号声更让空气中充斥着紧张的气息。科尔纳伊铆足了气力,吹得越来越响,一刻都未停止。

"嗒嗒……嘀嗒……嗒嘀嗒……"这是从小木屋顶传来的号声。

此刻,博卡正在用望远镜寻找阿奇·费利。他突然大喊:

"他在那里……阿奇·费利从帕尔街方向来了……塞拜尼奇跟他在一起……手里拿着我们的旗子……帕尔街这边的部队肯定要打一场恶仗!"

从玛利亚街方向进攻的部队由大帕斯托尔率领。他们挥舞着红色的旗子,嘹亮的号声在空中久久地回荡,但红衫团的部队只是分站在两个门的门外,始终保持密集的队形。

"他们肯定有什么计划。"博卡说。

科尔纳伊稍停了片刻,说:"管他有什么计划呢!"然后重又攒起

171

一股力气,将小号吹得更加嘹亮:"嗒嗒……嘀嗒……嗒嘀嗒……"

就在这时,红衫团的号声戛然而止。从玛利亚街方向爆发出撼天动地的喊杀声。

"呼哟,嗨吼!呼哟,嗨吼!"

敌军冲进了大门。有那么一会儿,帕尔街的男孩们拦住了他们的去路,似乎要跟他们交战,但是不久就仓皇溃逃——这是作战计划中的一部分。

"太棒了!"博卡说。随后他扭头朝帕尔街方向望去,发现阿奇·费利并没有率兵冲进敞开的院门,而是跟手下一起像木桩一样站在街上。

博卡暗吃一惊。

"这是怎么回事?"

"肯定有诈!"科尔纳伊的声音有些颤抖。他们又朝左面望去,看到帕尔街的男孩们正在撒腿逃跑,红衫团的人跟在他们后面大喊大叫,紧追不舍。

博卡一直神情严肃、甚至略带惊愕地望着那个仿佛中了定身术的阿奇·费利和他率领的部队。突然,他做出了一个从未有过的惊人举动——他大喊一声,将自己的帽子抛向空中,随即像疯了一样在小木屋的房顶上跳起舞来,摇摇欲坠的破败屋顶眼看就要坍塌。

"我们胜利了!"他大声喊道。

他一把抱住科尔纳伊,然后拉着他跳起舞来。副官不明白发生了

什么,吃惊地问他:

"你这是怎么了?什么情况?"

博卡指着站在那里的阿奇·费利和他一动不动的队伍说:

"你看到了吧?"

"看到了。"

"怎么,你还不明白?"

"我不明白!"

"唉,你可真笨!"博卡说,"我们胜利了!我们赢定了!你难道现在还不明白吗?"

"明白什么?"

"你没有看到他们一动不动地站在那里?"

"当然看见了!"

"他们没有攻进来……而是站在那里等待。"

"可那又怎样?"

"那你想想,他们在等什么?在等什么?他们在等大帕斯托尔率领的部队完成玛利亚街那边的进攻任务。只有那时,他们才会发起进攻,对我们前后夹击。当我看到他们没有同时进攻,马上就意识到了这一点!我们的运气太好了,因为他们制订的作战计划跟我们的一样。他们想等大帕斯托尔的人将我们把守玛利亚街大门的人赶到街上去,然后对我们的另一支队伍前后夹击,大帕斯托尔从后面,阿奇·费利从前面!让他们做梦去吧!你跟我来!"

他们俩随即爬下了房顶。

"去哪儿?"

"你别问了,跟我来!这里没有什么好看的,他们跟木头似的站在那里一动不动。咱们去援助玛利亚街的部队!"

玛利亚街的部队表现十分出色,他们在蒸汽锯车间门前绕着几棵桑树胡乱奔跑,他们很会演戏,跟真的一样沮丧地大喊:

"哟咿!哟咿!"

"我们完蛋了!"

"我们输定了!"

红衫团气势如虹地吼叫、追赶。此刻,博卡最关心的只有一点:他们会进入圈套吗?突然,帕尔街的男孩们在蒸汽锯车间附近消失了,一半人藏进车库,另一半人躲进小木屋。

大帕斯托尔高声喊叫:

"赶快追!抓住他们!"

红衫团的人已经冲到了蒸汽锯车间后面。

"吹号!"博卡果断下令。

小小的军号发出嘹亮的号声,碉堡上的炮手立即开始轰炸。面向玛利亚街的1号、2号和3号碉堡上立即响起孩子们尖细又兴奋的胜利呼声!沙弹顿时左右乱飞,到处能听到噗噗的闷响。博卡涨红了脸,浑身兴奋地颤抖。

"副官!"他喊道。

"在!"

"你快去战壕,告诉他们等待命令!等着就行,不要妄动!我一旦下令吹响冲锋号,他们就立即出击。帕尔街方向的几座碉堡也一定要沉住气,等候命令!"

副官领命飞奔。他跑到小木屋时,机警地匍匐在地,又躲在堆起的土丘后,小心翼翼地爬到战壕边,生怕被站在大门外的敌军发现。他悄悄将军令传达给战壕中离他最近的那个男孩,然后又匍匐回到将军身边。

"顺利完成任务!"他报告说。

蒸汽锯车间后面喊杀声震天。红衫团的人认定自己会获胜,对前面的木垛发起了进攻。三座碉堡集中火力,阻止红衫团爬上木垛。在最角上的那座碉堡里,也就是著名的3号碉堡,鲍劳巴什撸起袖子英勇奋战,如同一头愤怒的雄狮。他只盯住大帕斯托尔投掷沙弹。又软又沉的沙弹接二连三地砸到大帕斯托尔一头棕发的脑袋上。

鲍劳巴什每投一枚沙弹,都会大喊一声:

"接着,老弟!"

大帕斯托尔的鼻子里和嘴里全是潮湿的沙子,他恼火地打着喷嚏:

"你等着,我马上就来!"

"来吧!"鲍劳巴什应道。他继续瞄准大帕斯托尔投掷沙弹。现在,红衫团的人全都满嘴沙子,碉堡里爆发出一片欢呼。

"你来吃沙了吧!"鲍劳巴什亢奋地吼叫,他左右开弓,两只手一起投弹,全都对准了大帕斯托尔。另外两位炮手当然也没闲着。看3号碉堡作战,实在让人过瘾。步兵们安静地等在车库和小木屋内,随时等待出击的命令。红衫团的人也很勇敢,他们已经逼到了碉堡脚下,准备进行最艰苦的攻城战。大帕斯托尔再次下令:

"爬上木垛!"

"砰!"随着鲍劳巴什的一声呐喊,一枚沙弹正中大帕斯托尔的鼻梁。

"砰!"其他碉堡上的炮手也发出同样的呐喊,沙弹暴风骤雨般地落到那些攀爬木垛的敌军头上。

博卡突然抓住科尔纳伊的胳膊。

"沙弹快用完了。"他说,"鲍劳巴什现在只用一只手投弹,而他所在的那座碉堡里,沙弹储备至少是其他碉堡的三倍……"

确实,碉堡上的火力明显减弱。

"这可怎么办?"科尔纳伊问。

博卡这时已经冷静下来。

"我们一定会胜利的!"他自言自语。

这时候,2号碉堡的沙弹已经用尽。

"时候到了!"博卡大声说,"你马上去车库!让他们发起反攻!"

说完,他自己冲向小木屋,一把拉开木门,向屋里喊道:

"冲锋!"

喊声未落，两个营的兵力就已经从车库和小木屋里冲了出来。他们出击得正是时候。大帕斯托尔的一只脚已经爬上了2号碉堡。帕尔街的勇士们从下面抓住他的脚，把他拽了下来。红衫团的人不明就里，他们以为刚才仓皇逃走的守军肯定躲在木垛后，而碉堡的任务只是阻止他们冲进木垛间的小道。然而现在，从背后向他们发起攻击的竟然是刚才从他们眼前逃走的人……

那些参加过真正战争的职业战地记者都说：混乱是作战的最大危险。军事统帅们最怕的不是千门万门大炮，而是小小的混乱，因为小小的混乱可以瞬时演变为巨大的溃败。既然有枪有炮的真正军队都会被小小的混乱瓦解，更何况这些身穿红衫、缺乏大战经验的小兵们呢？

他们真的蒙了。甚至刚才一下子都没能反应过来：这些在他们背后发起进攻的，就是刚才从他们眼前消失的那些人。他们还以为是另外一支部队从天而降。直到他们认出其中的几张面孔，这才恍然大悟。

"这些家伙是从哪里钻出来的？"大帕斯托尔喊道。他的一条腿正被两只有力的手抓住，他被从碉堡上拽了下来。

博卡现在也加入了战斗。他看准一个红衫团队员，扑过去与他短兵相接。他一边跟对方摔跤，一边把对方逼向小木屋。这个男孩担心自己不是博卡的对手，便计上心来，脚下使了一个绊子。碉堡上的孩子正注视着下面的搏斗，他们大声抗议：

"太可耻了!"

"他居然使绊子。"

由于被对方使了绊子,博卡跌倒在地,但是他一骨碌就爬了起来,冲着红衫团队员大声警告:

"你违反规则!使了绊子!"

他向科尔纳伊使了一个眼色。转眼之间,这个家伙就被两人连拖带拽地推进小木屋,再怎么挣扎也无济于事。博卡锁上屋门,气喘吁吁地说:

"他可真蠢!其实他要是按规则摔跤,我很有可能摔不过他。他既然违规,我们就有权两个对付他一个了……"

博卡又冲上战场,男孩们已经开始了一对一的肉搏战。前沿的三座碉堡里的沙弹已经所剩无几,炮手将最后一批沙弹投向摔跤中的敌军。面对帕尔街的几座碉堡仍悄然无声,碉堡里的人在不安地等待着。

科尔纳伊刚要冲上去摔跤,却被博卡大声叫住了。博卡说:

"你别摔跤了!快跑,去到1号、2号碉堡传令,叫他们立即转移到4号、5号碉堡!"

科尔纳伊立刻穿过正在肉搏的人群,带去了口信。1号、2号碉堡上的战旗转眼间消失,因为男孩们把旗子带到了新的战斗点。

胜利的欢呼声此起彼伏。当楚瑙柯什将大帕斯托尔拦腰抱住,将这个令人生畏、不可战胜的敌人拼力拖向小木屋时,又爆发出一阵响亮的欢呼声。很快,无能为力的大帕斯托尔只能气急败坏地将木门踢得咚咚作响,当然他只能从屋里踢……

在这震耳欲聋的欢呼声中,红衫团的这支队伍逐渐丧失了士气,认为快输掉这场战斗了。当他们意识到指挥官失踪,更觉群龙无首。他们现在只盼望阿奇·费利会来救他们,力挽狂澜。在此起彼伏的欢呼声中,红衫团的成员们一个接一个地被拖进了小木屋,这欢呼声也传到了站在帕尔街上另一支按兵不动的红衫团队伍的耳朵里。

阿奇·费利在队伍前来回踱步,带着自豪的微笑说:

"你们听到了吧?我们马上就能得到胜利的信号!"

红衫团出发前有一个约定:大帕斯托尔率领的部队在玛利亚街那

边完成任务,就会立即吹响军号,然后阿奇·费利和大帕斯托尔分别率领部队同时发起总攻,前后夹击。然而此刻,跟随大帕斯托尔的那个军号手——小个子的文道尔,正跟同伴们一起在小木屋里咚咚踢门,他的军号里填满了沙子,正静静地躺在3号碉堡上的一堆战利品之间……

当这一切在蒸汽锯车间和小木屋周围发生时,阿奇·费利还镇定自若地为他的队伍鼓劲:

"你们再耐心一点儿。我们一旦听到冲锋的号声,就立即从正面发起进攻!"

可是无论他们怎样盼望,冲锋的号声都没有响起。欢呼声和叫嚷声逐渐变弱,他们隐约听到,某个封闭的空间传来了噪声……

当两位头戴红绿色帽子的营指挥官将最后一名红衫团成员关进小木屋后,爆发出更加响亮的欢呼声,这是在这片空场上从未响起过的胜利欢呼。阿奇·费利的队伍明显有了不安的情绪。小帕斯托尔慌忙跨出队列。

"我觉得,"他紧张地说,"肯定出了什么问题。"

"你为什么这么讲?"

"因为,这都是陌生人的声音,并不是我们的人。"

阿奇·费利仔细听了听。的确,他也听出这些喊声似乎发自陌生人的喉咙。但他极力保持镇定。

"我们的人不会有事。"他接着又说,"他们肯定还在沉着应战。这是帕尔街的男孩们在拼命喊叫,因为他们遇到了麻烦。"

就在这时,从玛利亚街方向清晰传来高呼"万岁"的声音,似乎就是为了打破阿奇·费利抱有的最后一丝希望。

"糟糕,"阿奇·费利说,"这是在喊万岁!"

小帕斯托尔应道:

"遇到麻烦的人是不会喊万岁的……也许,我们不该那么确信我哥哥的部队肯定会赢……"

阿奇·费利是个聪明男孩。此刻他察觉到了自己的失算,甚至预感他的队伍会全军覆没,因为他只能带着这一半人马跟帕尔街的整支部队决一死战。他不得不面对现实。他的最后一线希望——那盼望已久的冲锋号角,始终没有响起……

阿奇·费利左顾右盼,但最后等来的却是另外一阵号角声。这陌生的号角声是在为博卡的部队传送消息。这号声表明:大帕斯托尔队伍中的最后一个人已经束手就擒,并被关了起来,他们马上就要向空场发起全面反攻。听到嘹亮的号声,把守玛利亚街方向的队伍立即兵分两路,一部分守在小木屋旁,另一部分赶向6号碉堡。他们虽然浑身是土,衣服也被撕破,但眼睛炯炯有神。他们经受住了战火的考验,心里充满了胜利的喜悦。

现在阿奇·费利已经确信大帕斯托尔率领的部队已经被打败,他愤怒地盯着院门内的那片空地,突然紧张地转向小帕斯托尔:

"如果你哥哥他们真被打败了,那人在哪里?如果他们被赶到了

街上,那他们怎么不来找我们?"

他们朝帕尔街的路口张望,塞拜尼奇则拔腿跑到玛利亚街查看究竟。可他没看到一个队友的影子,只有一辆拉砖的车子在玛利亚街缓缓行驶,再就是几个安静行走的路人。

"哪儿都没有!"塞拜尼奇失望地说。

"奇怪,那会去哪儿?"

阿奇·费利突然想起那个小木屋。

"他们肯定被关起来了!"他气急败坏地叫喊起来,"他们不仅被打败了,而且还被关进了小屋!"

他的推测很快得到了证实:从小木屋方向传来沉闷的捶击声。被关在屋里的俘虏正在用拳头捶门板,但怎么捶都无济于事,因为帕尔街的男孩们就顶在门外,他们既不会让屋门被撞开,更不会让墙壁被推倒。他们齐心合力抵挡住拳头的捶打,欣赏俘虏们在屋里演奏绝望交响曲。俘虏们想用疯狂的捶打声引起阿奇·费利的注意。被夺走了军号的文道尔正将两只手卷成话筒状,扯开嗓子大声呼救。

阿奇·费利冷静下来,果断地转向他身后的队员。

"弟兄们!"他大声下令,"大帕斯托尔战败了!现在要靠我们的力量挽回红衫团的尊严!冲啊!"

他们保持站立时整齐的阵形,气势汹汹地开进了空场,然后奔跑着发起猛烈的冲锋。现在,博卡和科尔纳伊又站在了房顶。博卡的呐喊声压住了屋子里嘈杂刺耳的绝望交响曲:

"吹号！冲锋！碉堡开炮！"

正朝战壕方向冲锋的红衫团突然遭到沙弹的阻击。四座碉堡向他们同时开火，一通劈头盖脸的狂轰滥炸后，他们被迫停了下来。刹那间，铺天盖地的沙子如风暴一般将他们吞没，眼前什么都看不见。

"后备队，冲啊！"博卡大喊。

后备队如离弦之箭冲了出去，冲进漫天的沙暴，冲向进犯的敌军。埋伏在战壕的步兵们仍蹲在那里等待命令。密集的沙弹从碉堡上飞向敌军，有的也噗噗落在帕尔街男孩们的背上。

"没关系，"他们大喊，"冲啊！"

沙尘飞扬，遮天蔽日。有的碉堡里的沙弹用完了，炮手们干脆抓起一把把沙子往外撒。在空场中央，在距离战壕不到二十米的地方，两军展开了激烈的搏斗。在尘烟中，隐约可见红色的汗衫或红绿色的帽子。

然而，当帕尔街的男孩们已经感到疲惫，阿奇·费利的部队仍战斗力未减。有好几次危险时刻，红衫团几乎攻到了战壕的边缘，这意味着守军已经无力阻挡。幸好碉堡上的炮火始终不断，红衫军越是接近碉堡，被沙弹命中的概率也越高。鲍劳巴什又一次向敌军首领发起攻击。现在，阿奇·费利成了他轰炸的目标。

"别怕！"他一边投掷，一边大喊，"吃吧！就是一点儿沙子！"

他在碉堡上打得生龙活虎，一边大声喊叫，一边弯腰拿沙弹。阿奇·费利的后备队也运来一小袋一小袋的沙子，但徒劳无功。因为所

有人都忙于拼杀,没有人顾得上用沙子。他们只好把沙子倒掉。

此时,高亢的号声鼓舞着士气:一支军号是科尔纳伊在小木屋的房顶上吹响的,另一支是小帕斯托尔在乱军当中吹响的。红衫团现在已逼近战壕,最多只有十步远。

"嗨,科尔纳伊!"博卡叫道,"现在把你的真本事都使出来吧!你赶快去到战壕!别管那些沙弹,你去战壕那里吹响小号!叫战壕里的部队立即开火!一旦沙弹用光了,就冲出去拼杀!"

"嗨呼,嗨!"科尔纳伊大声喊着,身手矫健地从屋顶跳到地上,他不再匍匐前进,而是昂首挺胸地冲向战壕。博卡又喊了几句,但他的声音被从脚下传来的可怕喧嚣,以及阿奇·费利率领的部队持续不断的嘹亮号声和冲杀声掩盖了。他只能寄希望于科尔纳伊能在阿奇·费利的部队发现战壕之前将他的命令传递到那里。

就在这时,他看到一个健壮的身影从搏斗的人群中冲了出来,径直扑向科尔纳伊。糟了,这下完蛋了!科尔纳伊无法完成他的任务。

"好吧,那我自己去!"博卡虽然感到失望,但已来不及多想。他三步并作两步跳下屋顶,朝战壕狂奔。

"站住!"阿奇·费利冲他大喝一声。

按理说,博卡身为帕尔街男孩们的首领,本该跟同为首领的阿奇·费利直接交锋。但他如果真这么做的话,要冒的风险也太大了!这样做等于孤注一掷。所以,博卡没有搭理他,而是继续向战壕跑去。

阿奇·费利紧追不舍。

"你这个胆小鬼！"阿奇·费利大声骂道，"你小子别想从我的眼皮底下逃走！你逃也没用，我马上就能追上你！"

事实上，他真的追上了博卡，但就在他追上的那一刻，博卡纵身跳进了战壕，并及时地喊出：

"开火！"

刹那间，十几枚沙弹齐发，击中了阿奇·费利的红汗衫、红帽子和黑红的脸膛儿。

"你们这群小人！"阿奇·费利恼羞成怒，"居然从地底下发起攻击?！"

与此同时，整个阵地都发起了沙弹反击。无论从碉堡上，还是从战壕里，都有沙弹飞向敌军，猛烈轰炸。沙尘四起，让人看不见天日，喊杀声中加进了新的声音。一直沉默的战壕终于沸腾起来了。博卡认为发起总攻的时机到了！他站到战壕边上。离他不到两步远的地方，科尔纳伊正在跟一个红衫团的成员摔跤。博卡弯腰抄起一面红绿色的战旗，高高举起，高声呐喊：

"全面出击！冲啊！"

于是，从地底下冒出一支大部队，以迅雷不及掩耳之势冲向敌军。他们特别注意不与对方一对一角力，而是以密集排列的阵势向前压去，试图将红衫团赶到离战壕更远的地方。

这时候，鲍劳巴什从碉堡上喊道：

"没沙子了！"

"那你们下来！一起冲锋！"博卡一边跑一边回答。很快，从碉堡里伸出一条条腿和一只只手，炮兵们全都爬下木垛。他们组成了第二批一字排开的密集队列，跟在前一批冲锋部队之后冲了上去。

战役进入了白热化阶段。红衫团感到自己将要战败，所以越来越不遵守既定的规则。对他们来说，只有规则能够帮助他们获胜，他们才会遵守规则。所以，他们现在将所有事先约定的条件都抛到了脑后。

由于红衫团破坏了规则，情况突然变得危急。帕尔街的孩子们虽然从人数上讲要比红衫团的多，但还是逐渐落到了下风。

"去小木屋！"阿奇·费利突然喊道，"赶快把人救出来！"

红衫团的人突然明白过来，不再恋战，立即掉头朝小木屋拥去。帕尔街的男孩们吃了一惊，他们对此全无准备。红衫团的部队突然避开了他们，就像一个人挥起铁锤凿一根铁钉，但是铁钉突然弯曲变形！敌军进攻的队列突然向左拐，阿奇·费利身先士卒。他一边狂奔，一边胜券在握地高喊：

"赶快，都跟我来！"

就在这时，好像有人将什么东西滚到他脚下。原来，一个小男孩从小木屋旁边冲了出来，挡住了他的去路。红衫团首领大吃一惊，突然停下，以致他身后的部队撞成了一团。

一个小个子男孩站在阿奇·费利面前，他足足比阿奇·费利矮了一头。这个瘦弱的金发男孩将两条胳膊高高举起，做出拦截的姿势。

"站住！"

被刚才的突发状况搞得发蒙的帕尔街男孩们，此刻眼前一亮，异口同声地惊叫道：

"奈迈切克！"

这个身体瘦弱、还在病中的金发小男孩猛扑上去，拦腰抱住了高大魁梧的阿奇·费利，他使尽全身的气力——在高烧和半昏迷的状态下——把惊得还没反应过来的敌军首领扑倒在地。

随后他也瘫倒在地，昏厥过去。

这一下，红衫团真正变得群龙无首，立刻乱了阵脚。就在他们的首领被扑倒在地的那一刻，他们的命运就已经被决定了。帕尔街的男孩们抓住敌军暂时混乱的有利时机，手拉手连成一道巨大的人墙向前推进，将处于惊愕之中的红衫团残军向街上驱赶。

阿奇·费利吃力地从地上爬起来，黑红的脸上显露出愤怒。他用冒火的眼睛环视四周，拍了拍身上的泥沙，发现自己已是孤家寡人——他的部队已经被驱赶到了院门附近，并跟大获全胜的帕尔街男孩们混在了一起，而被击败的自己则孤零零地站在小木屋前。

奈迈切克躺在他的脚边。

当最后一名红衫团成员被赶出院门，帕尔街的男孩们锁上木门。所有人都神采飞扬，欢呼声响彻天际。这时候，博卡跟扬诺一起从蒸汽锯车间的方向跑过来。他带来了清水。

大家里三层外三层地将躺在地上的奈迈切克团团围住，沉寂替代

187

了刚才响彻云霄的呼声。阿奇·费利不知所措地站在一旁,神色黯淡地看着这些胜利者。小木屋里,俘虏们还在咚咚咚地砸门。

是啊,现在谁还有心思顾得上他们!

扬诺将奈迈切克轻轻抱起,让他靠在战壕边的土堆上。然后,他们用清水帮他擦洗眼睛、额头和苍白的小脸。几分钟后,奈迈切克睁开了眼睛。他带着疲倦的微笑环顾四周。每个人都沉默不语。

"这是怎么回事?"他平静地问。

谁都没有想好如何回答这个问题,大家不解地望着他。

"这是怎么回事?"他又问了一遍,随后坐了起来。

博卡走上前去,轻声地问他:

"你好些了吗?"

"好些了。"

"身上疼吗?"

"不疼。"

奈迈切克露出一丝微笑,然后认真地问:

"我们胜利了吗?"

对于这个问题,大家不再保持沉默,而是异口同声地回答:

"我们胜利了!"

没有人搭理阿奇·费利。他仍站在一个木垛下,神情沮丧、悲伤又愤怒地看着欣喜若狂的帕尔街男孩们。

博卡补充道:

"我们胜利了。但是,就在战斗结束前,我们突然遇到了危机,是你,奈迈切克,是你阻止了这场危机。假如没有你突然出现在阿奇·费利面前,把他吓了一大跳,他们就会放出关在小屋里的俘虏,那么我们谁都不知道将发生什么。"

听了这番话,奈迈切克似乎有点儿生气。

"你说的不是真的!"他说,"你之所以这么说,只是为了让我高兴,只是因为我是个病人。"

他说着摸了一下自己的额头。此刻,他的脸上又恢复了血色,变得红扑扑的。看得出来,他还在发高烧。

"现在,"博卡说,"我们必须马上送你回家。你来这里,真是太傻了!我不知道你的父母怎么会放你来这里!"

"他们没有放我出来,是我自己跑出来的。"

"怎么回事?"

"我爸爸出门了,他去给一位客户试衣服。我妈妈去邻居家给我热茴香籽汤,她没有锁门,为了让我有事能够随时喊她回来。所以,我一个人留在家里。我从床上坐起来,听到外面传来的声音。其实我什么都没有听到,但还是感觉听到了什么。我的耳边炮声轰隆,万马奔腾,还有军号的声音和响亮的喊杀声。我听到了齐莱的声音,他好像在喊:'你快来呀!奈迈切克!我们遇到麻烦了!'后来,我又听到你的喊声:'你不要来!奈迈切克!你还在生病,所以你用不着来!你还是等我们一起踢球或玩弹球时来吧!我们正在激战,眼看就要输掉……

但你还是不要来!'博卡,我听到你跟我这么讲,于是我从床上跳下来,可摔到了地上,因为躺的时间太久了,浑身没劲。但我还是挣扎着从地上爬起来,从衣柜里取出衣服……还有我的鞋。我刚刚穿好,我妈妈就从邻居家回来了。我听到她回来的脚步声,赶快穿着衣服爬回床上,盖上被子,并且把被子一直拉到嘴边,生怕妈妈发现我穿着外衣。这时,我听到妈妈跟我说:'我回来只是想问问你,需不需要什么东西?'我回答说:'什么都不需要。'听了这话,她放心地转身又出去了。就这样,我从家里溜了出来。我不是英雄,因为我并不清楚自己溜出来会这么重要,我只是想跟大伙儿一起并肩战斗。当我看到阿奇·费利时,突然冒出了这样一个念头:我之所以不能跟你们一起并肩战斗,就是因为他那天晚上让人把我按进了冷水。想到这里,我心里顿时充满了愤恨,心里暗想——嘿,埃尔诺!你报仇的机会终于到了!于是我闭上眼睛,向他……向他……扑了过去……"

在说这番话时,奈迈切克是那样激动和兴奋,以致彻底耗尽了精力,开始虚弱地咳嗽起来。

"你先别说话了!"博卡劝慰他,"有话咱们以后再说!现在我们先送你回家去!"

这时候,在扬诺的帮助下,关在小木屋里的俘虏们被一个一个地放了出来。如果谁的手里还攥着武器,便会被当即收缴。所有俘虏都垂头丧气地从开向玛利亚街的院门走了出去。蒸汽锯车间那黑色的小铁皮烟囱突然冒出了蒸汽,似乎带着嘲讽的意味。蒸汽锯在俘虏们的身后发出刺耳的声响,仿佛也在为帕尔街男孩们的胜利热烈欢呼。

现在只剩阿奇·费利一个人了,他还站在那个木垛下,手足无措地盯着地面。科尔纳伊和齐莱走过去想要解除他的武器,但是被博卡阻止了。

他严肃地说:

"你们不要伤害这位首领!"

博卡走到阿奇·费利跟前:

"将军,您作战很勇敢!"

红衫团团长一脸沮丧地看着他,似乎在说:你对我的夸奖,现在对我来说有什么意义?

博卡转过身,向手下人下令:

"敬礼!"

帕尔街的男孩们立即停止了交头接耳,所有人将手抬到帽檐处。博卡也笔直地站在队伍的前面,抬手敬礼。

可怜的奈迈切克没有忘记自己是一名士兵。他摇摇晃晃地从土堆上爬起来,尽可能地站直身子,敬了一个军礼。这个可怜的男孩在向这个导致他患上重感冒的敌军将领认真地敬礼。

阿奇·费利还了一个军礼便匆匆离开了,并且带走了他的武器。他是唯一能够带着武器离开的人。其他人的武器——那些银色的长矛和银色的战斧,像小山一样堆在小木屋门前。被夺回的那面军旗已经插在了3号碉堡上。那是盖列伯在激烈的肉搏战中从塞拜尼奇手里

抢回来的。

"盖列伯也在这里吗?"奈迈切克吃惊得睁大了眼睛。

"我在!"盖列伯从队列里站出来。

金发小男孩用怀疑的目光望着盖列伯。博卡立即解释说:

"他也在这里,因为他已经改正了错误,将功折罪。现在,我决定重新授予他中尉军衔。"

盖列伯的脸腾地涨红了。

"谢谢你。"他非常感动,随后接着小声说,"但是……"

"但是什么?"博卡问。

盖列伯局促不安地说:

"但是……我知道我没有权力在这件事上多嘴,因为这该由将军做出决定……但是,但是我想……据我所知,奈迈切克现在还只是一位士兵。"

空场上鸦雀无声。的确,盖列伯说得没错。在扑天盖地的胜利喜悦中,大家居然都忘记了:这已是奈迈切克第三次立下大功,可他居然还只是一位士兵。

"你说得对,盖列伯!"博卡回答,"我现在就宣布一项重要决定,我授予……"

但是奈迈切克打断了他:

"我并不想让你授予我什么……我不是因为这个才溜出来的……这不是我来这里的目的……"

博卡努力让自己看上去更严肃一些,于是抬高了嗓门儿大声说:

"重要的不是你为什么来这里,而是你来到这里做了什么!现在,我授予奈迈切克·埃尔诺上尉军衔!"

"万岁!"

所有人不约而同地齐声高呼,向新晋升上尉的小英雄敬礼。不止中尉和少尉,连司令官本人也在他面前昂首立正,像真正的军人那样将右手举到帽檐处,神情庄重、严肃。仿佛他是一位士兵,而奈迈切克变成了将军。

这时,一位衣衫破旧的小个子妇人从他们身后来到了空场,突然出现在男孩们面前。

"天哪!"她大声喊道,"原来你在这里!我一开始就应该想到你会来这里!"

她是奈迈切克的母亲。可怜的妇人哭了起来,因为她到处找不到她生病的儿子,于是来这里打听儿子的下落。男孩们围住这位伤心的母亲,试图安慰她。可怜的妇人二话不说抱住儿子,并将自己的围巾缠在儿子的脖子上,准备带他回家。

"我们陪着他回去!"维斯突然大声说。在此之前他一言未发。

"我们陪着他回去!"大家异口同声地说。他们迅速将缴获的兵器扔进小木屋,然后跟在可怜的妇人身后朝街上走去。妇人紧搂着儿子,试图将自己的体温传递给他一些,心急火燎地往家走。

男孩们整齐地排成两队,走在母子俩身后。夕阳的余晖洒在他们

身上。街灯已经点亮,明亮的灯光从店铺漫到人行道上。当这支特别的队伍从街上走过时,路人不时停下来好奇地观看:一位身材瘦小的妇人走在队伍的最前头,脚步匆匆,眼睛红肿,怀里搂着一个更加瘦小的金发男孩,大围巾里只露出了孩子的鼻尖。在母子俩的身后,跟着一支迈着军人步伐的童子军,男孩们排成两列纵队,头上都戴着式样统一、红绿两色的帽子。

有的人看了感到好笑。而有的人不怀好意地指指点点,冷嘲热讽。孩子们对这一切都不理会。若在平时,楚瑙柯什早就忍无可忍地上前应对这种无礼的挑衅了,然而现在,他跟其他人一样旁若无人地默默行走,不去理睬那些没心没肺、只会寻开心的混小子们。

奈迈切克的母亲忧心忡忡,心里想的只有自己可怜的儿子,根本没有心思理会跟在身后的大部队。在拉科什街的小院门口,她不得不在进门之前稍停了一下,因为她的儿子似乎在拼命挣扎,好像没有任何力量能够把他拖进院门。奈迈切克从母亲怀里挣脱出来,站在伙伴们面前说:

"再见!"

男孩们依次跟他握手告别。奈迈切克的手是滚烫的。最终他跟母亲一起消失在黑暗的门洞里。院子里有一扇门砰的一声关上,随后,一扇小窗里亮起了灯光。小英雄已经重新躺到床上。有人难过地叹了一口气。齐莱说:

"现在我们该怎么办?"

没有人回答,但男孩们三三两两陆续离去,穿过黑暗的小巷朝于律伊大街走去。现在他们都感到很累,激烈的战斗使他们精疲力竭。街上刮起了冷风,这是清冽的春风,风中带着山上融雪的寒气。

接着,又一拨人动身回家,他们朝费伦茨城区的方向走去。楚瑙柯什显得有些焦躁不安,他在等着博卡离开。但是博卡站在门前纹丝不动,于是他试探着轻声问道:

"跟我一起走吧?"

博卡低声回答:

"不。"

"你想留在这里?"

"对。"

"那……那好,再见了!"

楚瑙柯什脚步沉重地慢慢走远。博卡望着他的背影,看到他不住地回头张望,最后,他的身影消失在一个拐角处。这条僻静、狭窄的拉科什街坐落在车水马龙、铺了有轨马车轨道的于律伊大街旁。此刻,它正安静地在黑暗里沉睡。夜风呼呼地刮着,将煤气街灯的玻璃罩吹得咯咯作响。风,越刮越大,一阵紧似一阵,煤气街灯持续不断地发出咯咯声,颤抖、摇曳的火苗似乎通过这声响暗中传递着某种神秘的讯息。现在,整条街上只剩下了博卡·亚诺什将军孤身一人。博卡·亚诺什将军环顾四周,发现自己形单影只,心里突然很难受,不禁靠在门框上痛苦、绝望地大哭起来。

他隐约感觉到——他也知道将会发生什么,只是这种不祥的预感谁都不敢说出口。他似乎看到,他可爱的士兵正令人心碎地慢慢死去。他知道结局会怎样,而且知道这个结局很快就要到来。他并不在乎自己是一位获胜的统帅,也不在乎自己有生以来第一次这么没有男子汉气概的样子,更不在乎自己被体内的孩子气征服,他只是无助地痛哭,一边哭,一边喃喃自语:

"我可爱的朋友……我亲密的朋友……我可爱、亲密的小上尉……"

这时,有一个人走到他跟前,关心地问:

"孩子,你在哭什么呢?"

他没有回答。那人耸了耸肩膀走开了。之后,有一位挎着篮子的穷妇人在他跟前停下了脚步,但是没有言语。她看了他一会儿,也走开了。最后,一个身材矮小的男人走进院门,他进门后又回头瞧了男孩一眼,并且认出他来:

"你是博卡·亚诺什,对吧?"

博卡抬头瞅了一眼对方。

"对,奈迈切克先生。"

这位小个子的裁缝刚从布达办事回来,胳膊上搭着一件衣服,他刚去那里让一位客户试穿衣服。他当然知道博卡的心情,所以既没有问"孩子,你在哭什么呢",也没有吃惊地盯着他看,而是走到他跟前,将他的头搂在自己怀里。他们俩哭得一个比一个伤心。

突然,博卡想起了自己的将军身份。

"奈迈切克先生,您别哭了!"他安慰裁缝。

裁缝用手背抹了一下眼泪,冲着夜空点了点头,似乎在说:"已经无能为力了,我哭出来至少能好受些。"

"孩子,你赶紧回家吧!"他对将军说。

说完,他转身进到院子里。

博卡也擦了一下眼泪,长叹了口气。他站在街上,环视了一圈,准备动身回家,但是心里似乎被什么东西拖着、拽着,让他拔不开步,他知道自己即使留下也无济于事,但又觉得如果自己留下来的话,至少能像仪仗队的战士那样在这位即将牺牲的小英雄家门前站最后一班岗,尽一份神圣而庄严的义务。他犹豫不决地在院门前来回走了几步,之后穿过马路,站在街对

面冲着这栋老屋发了一会儿呆。

就在这时,寂静的小街里响起了脚步声。估计是工人下班回家,博卡暗想。他一边想一边垂着头在街边踱步。他的脑子里冒出了许多稀奇古怪的念头。他想到了生死。可是这个问题实在太大,无论他怎么想,都不可能想清楚。

脚步声越来越近。听得出来,那人似乎放慢了脚步。在街对面,一个黑影小心翼翼地靠近房屋的外墙,停在了奈迈切克家的院门前。那个黑影朝漆黑的门洞里望了一眼,然后闪身进到院子,但是过了一会儿,他又走了出来,站在门外等了一会儿,然后开始焦躁地踱步。当那人走到一盏煤气路灯下时,微风吹起了他外套的衣角。博卡注意到,那人的外套下露出了红汗衫的下摆,

原来是阿奇·费利!

不久前还相互为敌的两位将领此刻一声不响地直视对方。这是他俩第一次这样面对面地站着。他们谁都不曾想到会在这栋令人忧伤的房门前相遇。他们一个是被爱心带到这里来的,另一个则是在良心的驱使下来这里的。两个少年都不讲话,只是默默地看着对方。阿奇·费利愣了一会儿,又开始在门前踱步,来来去去很长时间,直到守门人从漆黑的院落里走出来关门。阿奇·费利急切地走过去,压低嗓音询问了一句什么。守门人的话传到了博卡的耳朵里,他说:

"情况很糟!"

守门人砰地关上沉重的院门。如惊雷般的关门声打破了小街的寂

静,但很快又恢复了宁静。

阿奇·费利迟疑了片刻,迈着沉重的步子动身离开,向右边走去。博卡·亚诺什也决定回家,向左走去。冷风在街道上呼啸,两个人始终都没跟对方说一句话。

现在,这条小街终于在清冽的春夜里睡熟了。晚风仍然有恃无恐地在街道上横冲直撞,摇动街灯的玻璃罩,撕扯煤气灯的黄色火苗,将一两个公鸡形状的方向标吹得呜呜直叫。凉风吹过每一道缝隙,也吹进了那个小屋。

此刻,一位可怜的裁缝正坐在厨房里一声不响地吃晚饭,旁边放着一块包在报纸里的熏肉。里屋,一位病弱的小上尉正躺在小床上急促地喘气,脸又红又烫,眼睛里直冒火。风吹得窗户哗啦哗啦响,吹得煤油灯的火苗摇曳不定。瘦小的妇人正在给她的儿子盖好被子:

"儿子,外边在刮风。"

小上尉忧伤地微笑了一下,用几乎没人能够听见的声音说:

"是从空场吹来的。肯定是从可爱的空场那里吹来的⋯⋯"

第九章

下面几页内容摘自腻子协会的记录簿：

记录

我们在今天举行的会议上做出如下决定，并记录在协会的记录簿里：

1§

在记录簿的第 17 页，我们曾用小写字母写下了奈迈切克的姓名：nemecsek ern。这一写法从现在开始定为无效。由于协会错误的认知，用小写字母写下了这名会员的名字，而这名会员虽然受到无辜的伤害,但却还是默默地承受了,并像一位真正的英雄投入了战斗,这个事实有目共睹。因此协会宣布:现在由书记员代表协会纠正错误,将这名会员的名字全部写成大写字母。

2§

现在我用大写字母写下他的名字:
NEMECSEK ERN

莱西克书记员

3§

腻子协会全体代表大会向我们的博卡·亚诺什将军表示感谢,因为他就像历史书中记载的军事领袖那样,率领我们进行了昨天的生死决战。为了表达对他的敬意,我们决定:腻子协会的全体成员回到家,都有义务在各自历史书中的第 168 页第 4 行的小标题"胡尼奥迪·亚诺什"旁,也就是那位中世纪最伟大的匈牙利军事家的名字旁用钢笔写下"与博卡·亚诺什"。我们之所以做出这一决定,是因为他作为我们的军事领袖,理应享受这一殊荣。假如昨天他在指挥中出现半点差池,红衫团就会战胜我们。而且,我们每位会员都有责任在"莫哈奇战

役"那一章的"托莫里大主教"名字上方用铅笔写下"与阿奇·费利",因为在1526年那场亡国之战中,身为匈方军事将领的大主教被打得全军覆没。

4§

博卡·亚诺什将军不顾我们的抗议,强行收缴了我们协会的资金(二十六枚铜币),因为每个人必须交出自己的全部财富用于军事目的。他用这笔钱购买了一支军号,总共花费了一个福林四十枚铜币,但若在罗塞尔集市上,花六十或五十枚铜币就可以买到,不过多花些钱有多花些钱的好处,这支军号的声音确实更加嘹亮。另外,我们还缴获了红衫团的军号,现在我们拥有两支军号。可是现在它们全都没用了,即便有用,一支军号也够了。因此我们做出决定:协会将讨回本属于自己的资金(二十六枚铜币),最好请将军找一个地方把军号卖掉,我们只需要现金(二十六枚铜币)。对于我们的请求,将军已经做出了承诺。

5§

腻子协会会长科尔纳伊·帕尔受到了协会成员们的责难,因为他使协会的腻子干掉了。会上的争论将记到记录簿里,过程如下:

会长:我没嚼腻子,是因为我一直忙于战斗。

会员鲍劳巴什:哎呀,你不能拿这个当借口!

会长:鲍劳巴什总是喜欢无理挑衅,我已经对他发出过多次严重警告。我很愿意嚼腻子,我当然知道这是一种荣誉。身为会长,我确实应该按照协会章程的规定嚼腻子,但是我不能接受无理挑衅。

会员鲍劳巴什:我并没有挑衅任何人!

会长:但你挑衅了!

会员鲍劳巴什:我没有!

会长:你就是挑衅了!

会员鲍劳巴什:我就是没有!

会长:那好,就算你说得对!

会员里希特:尊敬的会员们!我提一个建议,我们在协会的记录簿里给会长记一次过,因为他确实失职了。

会员们:对,对,你说得对!

会长:我只是请求协会能够原谅我一次,至少看在昨天我像狮子一样勇敢战斗的分儿上。我担任副官,在最危急的关头,我冲向了战壕。我被敌人扑倒在地,为我们帝国的荣耀承受了很多痛苦。难道你们就不能在嚼腻子的事情上原谅我一次吗?

会员鲍劳巴什:那是另一回事!

会长:不是另一回事。

会员鲍劳巴什:就是另一回事!

会长：不是！

会员鲍劳巴什：就是！

会长：那好，就算你说得对！

会员里希特：请大家举手通过我的提议。

一部分会员：我们同意！我们通过！

一部分会员：我们不能通过！

会长：那就让我们投票决定吧！

会员鲍劳巴什：我要求记名投票。

投票结束。

会长：协会宣布给予科尔纳伊会长记过处分。这是天大的笑话！

会员鲍劳巴什：会长没有权力这样粗暴地对待多数选票。

会长：我有这个权力。

会员鲍劳巴什：你没有。

会长：但我就有！

会员鲍劳巴什：你就是没有！

会长：那好，就算你说得对！

会议没有更多的议程，会长宣布散会。

里希特书记员

科尔纳伊会长

现在我仍保留意见，这是天大的笑话！

第十章

在拉科什街低矮的黄房子里,气氛安静得令人窒息,就连邻居们也都如此。别看他们平时喜欢聚在庭院里大声闲聊,现在他们从裁缝奈迈切克家门前走过时则踮着脚。仆人们将衣服和地毯拿到院子的另一头晾晒或拍掸,即使在那里,他们也尽量轻手轻脚,生怕弄出噪声影响病人休息。假若地毯有感觉,现在它们一定会很吃惊;今天它们没有遭到平日那样粗暴的拍打,而是享受到了温柔的抚摸。

邻居们时不时透过玻璃门向屋内张望。

"小男孩的病情怎么样了?"

他们得到的回答都是:"糟糕,非常糟糕!"

好心的妇人们送来一些东西。

"夫人,请您收下这瓶很好的葡萄酒……"

或者:

"如果您不介意,我给孩子带来一些糖果……"

金发的小个子妇人红肿着眼睛,不断给好心的邻居们开门。她很感激她们送来的礼物,但这些东西现在的确派不上用场。她告诉她们:

"我可怜的儿子吃不下东西,这两天,我连几勺奶都很难给他灌进去。"

下午三点,裁缝回到家里。他刚才去了一趟店铺,把本来要在那

里做的一堆活儿带了回来。夫妻俩一言不发地面对面站着,裁缝并没有把搭在胳膊上的那些衣服放下来。

后来,两个人蹑手蹑脚地走进里屋,小男孩就躺在屋内的一张小床上。确实,从前那个快乐的帕尔街士兵,现在这位悲情的上尉,模样已经发生了很大变化。他消瘦了很多,脸颊塌瘪进去,头发也长了。他的面色并不苍白,而是通红,或许正因如此,让人看了才更加难受。因为那并不是健康的红润,而是内火的灼烤,这几天,高烧始终折磨着他。

夫妻俩站在床边。他们是普通的穷人,生活中经历了太多的不幸、苦难和悲伤,却从来不曾抱怨过。他们只是耷拉着脑袋站在那里,伤心地望着儿子。过了一会儿,裁缝小声问:

"他是睡着了吗?"

妇人不敢出声,只是默默地点点头。因为躺在床上的小男孩此刻看上去正处于一种特别的状态:让人难以断定他到底是睡着了,还是醒着。

外面传来轻轻的叩门声。

"可能是医生来了!"妇人悄声说。

她的丈夫应道:

"那你去开门吧!"

妇人去到外屋把门打开,看见博卡站在门口。瘦小的女主人看到儿子的朋友,脸上浮现出忧伤的笑容。

207

"我可以进来吗?"

"进来吧,孩子!"

博卡走进屋里。

"他怎么样了?"

"不怎么样。"

"没有好些吗?"

妇人还没来得及回答,他已经跟着她进到里屋。现在,三个人并排站在床前一言不发。病重的小男孩似乎感觉到三个人站在他床边,甚至感觉到他们在看着自己。他静静地、一声不语地缓缓睁开了眼睛。他先是伤感地望望父亲,然后又看看母亲,当他的目光最终落到博卡脸上时,他露出了微笑。

他用几乎听不见的微弱声音问:

"博卡,真的是你吗?"

博卡向床边凑得更近一些,回答说:

"是我,我过来看你。"

"你会留下来陪我吗?"

"当然会。"

"一直到我死吗?"

对于小男孩的这句问话,博卡一时语塞。他冲病中的朋友笑了笑,然后扭过脸求助般地望了一眼站在身后的妇人。而妇人已转过身背对着他,抓着围裙的一角在擦眼泪。

"别说傻话了,我的儿子!"裁缝终于开口了,他努力清了清嗓子,"嗯……唉……你这说的是什么傻话。"

此刻的奈迈切克没有在意父亲的话,他的目光一直落在博卡脸上。过了一会儿,他用头朝父母那边示意了一下:

"他们不知道。"

现在,博卡终于开口回应:

"他们怎么可能不知道呢?他们远比你清楚一切。"

奈迈切克动了动身子,然后挣扎着从枕头上抬起头,吃力地坐了起来。他不愿意让别人帮助他。他竖起手指指向天空,严肃地说:

"你别信他们的话,他们只是在糊弄你。我知道,我马上就要死了。"

"这不是真的!"

"什么?你说这不是真的?"

"对,不是!"

"难道你认为我在说谎?"

三个人都安慰他不要冲动。没有人指责他在说谎。但是奈迈切克此刻十分生气,认为他们不相信他。他一脸认真地强调:

"我告诉你,我马上就要死了。"

就在这时,守门人的妻子探头进来:

"夫人……医生到了。"

医生进到房间,所有人都恭敬地向他问候。医生是一位看上去严

厉的老先生。他一句话都没有说,只是不悦地点了下头,径直朝病人床边走去。他先是抓住小男孩的手腕,而后摸了摸他的额头。之后,他将脸贴到奈迈切克的小胸脯上认真地听了听。女主人忍不住问了一句:

"请问……医生……他的病情加重了吗?"

医生终于开了口:

"没有。"

但是他说这话时的神色十分怪异。他甚至没有抬头看一眼妇人。话音刚落,他就拿起帽子准备离开。裁缝赶忙跑过去为他开门。

"我来送您!"

他们俩来到厨房,医生冲裁缝使了一个眼色,让他把里屋门关上。可怜的裁缝惴惴不安。医生要跟他单独交谈,他不清楚这意味着什么。他关上了屋门。医生的脸上隐约流露出一丝和蔼。

"奈迈切克先生,"他说,"您是男人,所以我必须跟您说实话。"

裁缝沮丧地垂下了头。

"孩子活不到天亮了。也许,他都熬不过今天晚上。"

裁缝定在那里一动不动。过了许久,他才默默地点了点头。

"我之所以告诉您实情,是因为非常同情您。"医生又说,"您很不幸……如果您突然遭受打击,可能会承受不了的。嗯……实话实说,这对您多少有点好处……至少您能有一点儿思想准备……而且……您可以开始料理……料理……这种时候,人们往往会有许多事情需要料理……"

医生同情地望了裁缝一会儿,突然将手放在他的肩膀上。

"一个小时后我会再来!"

最后这句话裁缝并没有听见。他只是怔怔地盯着厨房里擦得十分干净的地砖发愣。他没有察觉到医生已经走了。只有一个词在他的脑海里不停地盘旋——料理。"这种时候,人们往往会有许多事情需要料理"。医生的这句话是什么意思?不会是指要准备棺材吧?

他跌跌撞撞地走进里屋,一屁股坐到椅子上。他感觉妻子走到了自己身边,但是他一句话都说不出来。

"医生说了什么?"

他只是不住地点头,点头。

现在,奈迈切克的脸上似乎浮现出一丝快乐的笑意,他将脸转向博卡说:

"过来,亚诺什!"

博卡走了过去。

"坐到我的床沿上。你敢吗?"

"怎么不敢?我为什么不敢?"

"因为也许你会害怕。说不定你坐到我床上时,我会突然死去。但你不用害怕这个,如果我感觉我要死了,我会提前告诉你的。"

博卡坐到奈迈切克身边。

"说吧,你想让我做些什么?"

"告诉我,"小男孩搂住朋友的脖子,将嘴唇凑近他的耳朵,似乎要告诉他一个天大的秘密,"红衫团怎么样了?"

"他们被我们打败了。"

"后来呢?"

"他们撤到植物园开会。但他们一直等到很晚,阿奇·费利都没有去。最后他们等得不耐烦了,就解散回家了。"

"阿奇·费利为什么没去?"

"因为他心里感到愧疚。红衫团在他的带领下打了败仗,他知道他们会撤掉他的团长职务。今天午饭后,他们又召开会议,这次阿奇·费利去了。昨天夜里,我在你们家的院子门口看到了他。"

"什么？在这里？"

"是啊。他向守门人打听你的病情，问你是不是好些了。"

听到这话，奈迈切克十分自豪。他都不敢相信自己的耳朵。

"他自己来的？"

"对，就他自己。"

奈迈切克感到格外愉悦。博卡接着告诉他：

"我听说，他们在岛上开会时始终吵吵嚷嚷，争执得很厉害，因为绝大多数人都要求撤销阿奇·费利的职务，只有两个人坚定地站在他那边——文道尔和塞拜尼奇。帕斯托尔兄弟也一致反对他，因为大帕斯托尔想要当团长。最后，他们撤了阿奇·费利的职，推选大帕斯托尔担任团长。但是你知道后来发生了什么吗？"

"发生了什么？"

"当他们选出了新团长，终于安静下来后，植物园的管理员来到了岛上。因为植物园园长再也无法忍受他们的喧闹，所以把他们从植物园里赶了出去。他们关闭了小岛，还在小桥上装了一扇门。"

上尉听后，发自内心地笑了起来。

"这太棒了！"他接着又问，"你是从哪里知道的？"

"科尔纳伊告诉我的。刚才我在来你家的路上碰到了他。他正好要去空场，腻子协会又要在那里开会了。"

听到这里，金发小男孩做了个鬼脸。他说：

"我已经不喜欢他们了。他们居然用小写字母写我的名字。"

博卡急忙安慰他：

"他们已经纠正了。他们不仅认识到了错误,而且还在协会记录簿里用大写字母写下你的名字。"

奈迈切克摇摇头,表示不大相信：

"这不是真的。你之所以跟我这么说,是因为看我生病,你想安慰我。"

"我绝不是为了安慰你才说的。这是真的,千真万确。我敢保证这是真的。"

奈迈切克再次举起他纤细的手指。

"现在你为了安慰我,居然用你的名誉为谎言担保！"

"但是……"

"不要说了！"

他突然吼了起来。他,一个上尉,竟然冲将军吼叫！严格地讲,这吼叫若发生在空场,会被视为严重违反军纪！但在这里却没有关系,博卡微笑着容忍了。

"那好,"他平静地说,"如果你不相信我说的话,那也没有关系,你自己会亲眼看到的。他们还专门为你设计制作了荣誉证书,马上就拿过来颁发给你。他们会带来给你看。整个协会的人都会来。"

但是奈迈切克仍不肯相信。

"我只有亲眼看到,才会相信。"

博卡无奈地耸了一下肩膀,心里暗想：他不相信更好,当他亲眼看到时,肯定会很高兴。

但他提起这件事,还是无意中刺激了病人的情绪。腻子协会对奈迈切克的不公,严重伤害了这个可怜男孩的自尊心,他仍处于怨愤之中。

"你也知道,"奈迈切克解释说,"这些人对我做了一件多么丑恶的事!"

博卡不敢继续搭话,担心进一步刺激他。这时候,奈迈切克问他:"我说得对吧?你说对不对?"

博卡表示赞同。

"对,你说得没错。"

"可是,"奈迈切克说着坐到了枕头上,"可是,即使这样我还是照样为他们战斗,目的只是为了保卫空场。我知道,我不是为了自己才去战斗的,因为我再也看不到空场了。"

说到这里,奈迈切克停了下来。一个可怕的念头突然闯入他的脑海并久久徘徊:他再也看不到空场了。他毕竟是个孩子,宁愿舍弃世界上的一切,都不能丢掉空场——那个属于帕尔街男孩们的空场——亲爱的空场。

他想着想着,禁不住流下了眼泪。要知道,自从生病后他还没有哭过呢。他哭泣并非出于悲伤,而是出于一种无助的怨愤,引发怨愤的是某种巨大的东西,是它阻止他再次走上帕尔街,去到碉堡下,靠近小木屋。现在他想起了蒸汽锯车间、车库和那两棵高大的桑树,他

经常爬到树上帮齐莱摘桑叶,因为齐莱在家里养了很多蚕,它们需要吃桑叶。齐莱是个很注重外表的人,担心爬树会剐破他的漂亮衣裳,所以总派奈迈切克爬上树,因为他是士兵。他想起了那根又细又长的铁烟囱,快乐地将雪白的蒸汽喷吐到湛蓝的天空,而蒸汽总在转眼之间就消失得无影无踪。他仿佛还听见了蒸汽锯拉进木料并将它切成小块时发出的尖叫。

奈迈切克涨红了脸,两眼炯炯有神。他突然喊道:

"我要去空场!"

由于没有人回应他的要求,他用更加恳切的语调重复了一遍:

"我要去空场!"

博卡抓住了他的手:

"下周吧!等你的病好了,下周再去!"

"不!"奈迈切克倔强地回答,"我现在就要去!马上就去!你们把我的衣服给我,我还要戴上帕尔街男孩的帽子!"

他将手伸到枕头底下,摸出那顶已经被压瘪了的红绿色帽子,脸上浮现出胜利者的表情,感觉一刻都不肯与它分开。他将帽子戴到头上:

"请把我的衣服给我!"

他的父亲忧伤地劝他:

"等你病好了再去,埃尔诺!"

可是现在没有人能够劝阻他。这个染上重度肺炎的男孩用尽全力固执地喊道：

"我的病不会好的！"

谁都不再反驳他。

"我的病不会好的！"他继续喊道，"你们全都瞒着我，但是我自己清楚地知道，我马上就要死了。我想死在我喜欢的地方。所以我要到空场上去。"

毫无疑问，此刻不可能让他去。所有人都立即围过来，反复劝他，让他安静下来，并对他解释：

"现在不行……"

"外面天气很不好……"

"下个星期再说吧……"

那一句句令人心痛和无奈的劝慰又到了他们嘴边，望着男孩的双眼，他们要鼓起很大勇气才敢说出口：

"等你的病好了再去……"

但是事实驳斥了他们的借口。就在他们说"外面天气很不好"时，温暖、明媚的阳光正洒满小小的庭院，正是能让万物更新、生机勃勃的灿烂春日，只是奈迈切克再也无法从中汲取生命的能量。此刻，他正发着高烧，双手疯狂地在空中挥舞，脸涨得通红，鼻翼微微撑开。他开始大声演讲：

"空场，是我们的家园！"他大声喊道，"这个你们不懂，因为你们从来没有为自己的家园战斗过！"

外面有人敲门。妇人朝门口走去。

"切特耐基先生来了。"妇人告诉丈夫。

裁缝从里屋来到厨房。切特耐基先生是在首都工作的公务员,他请奈迈切克为他赶制一件新衣。他一见到裁缝就急切地问:

"我那件双排扣、咖啡色的上衣做得怎么样了?"

这时,从里屋传来慷慨激昂的呼喊:

"军号已吹响……空场上灰尘飞扬……冲啊!兄弟们,冲啊!"

"您请,"裁缝恭敬地应道,"如果尊贵的先生想要试一下衣服的话,现在就可以,只是……只是非常抱歉……您只能在厨房里试……因为我可怜的儿子病得很重……他躺在里面……"

"冲啊!冲啊!"从里屋又传出男孩嘶哑的喊叫声,"跟我来!全面出击!你们看,红衫团的家伙们就在前面!走在最前面的、拿着银色长矛的就是阿奇·费利……现在,他们马上就要把我扔进水里!"

切特耐基先生竖起耳朵听了听,不解地问:

"这是怎么回事?"

"是我可怜的孩子在喊叫。"

"他不是生病了吗,怎么还喊叫?"

"他不只是生病,先生……而是快要死了……他这是在高烧中说胡话……"

他进到屋里,取出一件双排扣的咖啡色上衣,这件衣服是临时用白线粗缝起来的。当他拉开门时,里屋的喊声听得更加清楚:

"战壕里的人要保持安静!小心!他们现在正在过来……他们已经到了这里!军号手!马上吹号!"他将手卷成喇叭的形状,"嗒嗒……嘀嗒……嗒嘀嗒!"

他冲着博卡大喊:"你也来吹!"

博卡不得不也将手卷成喇叭的样子。现在两个人都在吹号:一个声音疲惫,断断续续,听上去很微弱;另一个则声音嘹亮,健康,听起来却是那样悲伤。泪水让博卡的喉咙发紧,但他还是强忍着悲伤,像真正的男子汉那样强忍着,不让自己哭出来,还要装出一副很享受的样子。

"我很抱歉,"切特耐基先生脱下外套,穿着衬衫,嘴里在不停地唠叨,"但我真的急需这件咖啡色上衣。"

"嗒嗒……嘀嗒……嗒嘀嗒!"

房间里的号声还在吹响。

裁缝帮客人穿上衣服。他们开始小声说话。

"请您站好!"

"胳肢窝下边有点儿紧。"

"是有一点儿!"

"嗒嗒……嘀嗒……嗒嘀嗒!"

"这枚纽扣的位置有一点儿高,可以把它缝低一些,因为我喜欢把前襟熨得很平整。"

"当然可以,尊敬的先生!"

"全面出击！冲啊！"

"这袖子好像有点儿短。"

"我不这么认为。"

"那您好好看一下。您做的所有外套都袖子偏短，这是您的问题。"

"这怎么会是我的问题！"裁缝心想，但他还是用粉饼在衣袖上做了一个标记。屋里的喧嚣声越来越大。

"哈哈！"男孩得意地大喝一声，"原来你藏在这里？现在你给我站起来！我终于抓到你了，你这个可怕的首领！那好，现在，让我们比试一下，看看谁的力气更大！"

"请您再把这些部位垫厚一些。"切特耐基先生解释说，"肩膀这里多放一些衬布，还有前胸这里，从两边放……"

"扑通！我终于把你打到地上了！投降吧！"

切特耐基先生脱下咖啡色上衣，裁缝帮他把原来的外套穿上。

"您什么时候能做好？"

"后天吧。"

"那好！请您现在就赶紧做！千万不要让我再过一个星期才能拿到手。您现在还有其他的事情要忙吗？"

"要不是儿子生病，衣服我早就做好了。尊敬的先生！"

切特耐基先生耸了一下肩膀，说：

"这事确实让人伤心，我也很难过……不过，我已经说了，我急需

穿这件上衣，真的很急！您现在就赶紧工作吧！"

裁缝叹了口气，应道：

"好，我现在就开始。"

"再见！"切特耐基先生达到了目的，随后轻快地离开了。走到门

口时,他又忍不住叮嘱了一遍:"您现在就赶紧动手吧!"

裁缝手里拿着这件漂亮的上衣,心里却想着医生的话:这种时候,人们往往会有许多事情需要料理。好吧!他随即坐下来开始工作,心里暗想:谁知道自己做这件咖啡色上衣赚到的钱会花在什么东西上呢?也许这几个福林会跑到某个木匠手里,具体地说,会跑到某个打制小棺材的木匠手里。而切特耐基先生则会穿着这件新衣服,在多瑙河畔的步行街上神气地散步。

他回到屋里,开始缝纫,忙得无暇抬头望一眼小床。他飞快地穿针引线,想赶快把手里的这个活儿干完。因为无论从哪个角度讲,这都是一件急活儿。不仅切特耐基先生急等着要,木匠也需要。

而小上尉已经亢奋得失去了控制。他似乎恢复了体力,站在床上,长长的睡衣下摆垂到脚踝。他歪戴着那顶红绿色帽子,庄重地立正,敬了一个军礼。但是很快,他的嗓音颤抖,目光变得呆滞。

"报告,将军!我已将红衫团团长打倒在地,向您请求晋升!你们不要忘了,我现在已经是上尉了!我为祖国而战,为祖国牺牲!嗒嘀嗒!嗒嘀嗒!用力吹吧,科尔纳伊!"

他用一只手抓住小床的靠背。

"碉堡上的弟兄们,你们猛烈轰炸!扬诺在哪儿?嘿,扬诺,你要小心!你也会成为一名上尉!他们肯定不敢用小写字母写你的名字!呸,你们这些可恶的家伙!我知道你们嫉妒我,就因为博卡喜欢我,信任我,就因为我是他的朋友,而你们不是!整个腻子协会的人都是傻瓜!

我要退出,我宣布退出这个协会！"他的嗓音逐渐变得有气无力,"请把我的话记到记录簿里！"

裁缝坐在矮小的桌前,此刻他什么都看不见,也听不见。他用瘦削的指头捏着针线,在上衣的布料上快速缝着,针和顶针闪着微光。不管怎样,他都不愿朝那张小床再看一眼,因为他担心只要看上一眼,他就会立即丧失干活儿的心情,就会立即把切特耐基先生的上衣扔到地上,冲到病重的儿子身边。

现在,小上尉安静了下来,坐在床上盯着被子发呆。

博卡小声而关切地问：

"你累了吧？"

他没有回答。博卡帮他盖好被子,他母亲过来为他调整好枕头。

"稍微休息一会儿吧！现在你需要安静！"

奈迈切克的眼睛虽然盯着博卡,但从他的眼神里可以看出,他已经不认识博卡了。他脸上浮现出一丝惊愕,对博卡说：

"爸爸……"

"不,不是。"将军哽咽着向他解释,"我不是你爸爸……你认不出我了吗？我是博卡·亚诺什！"

奈迈切克已耗掉了全部气力,用疲惫的声音嘟囔着重复：

"我……是……博卡……亚诺什……"

接下来是一阵漫长的寂静。金发小男孩闭上了双眼,深深地叹了一口气。

一片死寂。

"也许他终于能睡着了。"瘦小的妇人低声说。由于连续熬夜,她困乏得已经站不稳了。

"嗯,那就让他睡一会儿吧。"博卡小声应道。

他们坐到旁边的一张沙发上。现在,裁缝也停下手中的活计,将那件咖啡色的上衣摊在膝头,把脑袋耷拉到矮桌上。所有人都缄口不语。房间里静得能听到苍蝇飞的声响,令人晕晕欲睡。

从窗户飘进孩子们的声音。院子里大概聚集了不少孩子,他们在喊喊喳喳地悄声耳语。突然,一个熟悉的名字传到博卡的耳朵里,他听到有人轻声叫道:

"鲍劳巴什!"

他立即从沙发上站了起来,蹑手蹑脚地走出房间。当他推开厨房的屋门,跨到庭院里时,迎面看到许多张熟悉的面孔。一群帕尔街的男孩正不知所措地站在那里。

"原来是你们。"

"是啊!"维斯小声应道,"整个腻子协会的人都来了。"

"你们想做什么?"

"我们给他带来了一张荣誉证书,上面用红墨水写了'协会全体成员请求你的原谅,我们已用大写字母写下了你的名字'。你看,这是记录簿,代表团的所有成员都在这里。"

博卡遗憾地摇摇头,问:

"你们为什么不能早一点儿来?"

"怎么了?"

"他刚刚睡着。"

男孩们懊丧地面面相觑。

"我们之所以来晚了,是因为我们为推举谁当代表团团长争执了好久。最后经过半小时的激烈争论,我们选出了维斯。"

这时,妇人出现在屋门口。

"他并没有睡着,又在说胡话呢。"她告诉他们。

所有人都呆呆地站在那里,脸上写满了不可思议。

"进来吧,孩子们!"妇人招呼大家,"这个可怜的孩子看到你们,也许神志能够清醒一些。"

她推开屋门。男孩们满怀着感动和敬意鱼贯而入。刚跨过门槛,他们就立即摘下帽子,最后一个人进屋之后,轻轻带上了身后的房门。所有人都屏住呼吸、睁大眼睛、小心谨慎地站在里屋的门口。他们看看裁缝,又看看小床。裁缝并没有抬起眼睛看他们,而是把脸埋在臂弯里,沉默无语。他并没有哭泣,只是感到疲惫不堪。小床上,上尉睁着眼睛躺在那里,困难、用力地深呼吸,薄薄的嘴唇微张着。他已经谁都认不出来了。

妇人向前推了推孩子们:

"进去吧,你们到跟前去看看他。"

男孩们慢慢地走到床边,他们走得十分艰难。他们你推我让,互

相鼓励：

"你走啊。"

"你先走。"

鲍劳巴什说：

"你是慰问团团长。"

听到这话，维斯慢慢地走到床边，其他人跟在他身后向前挪动。奈迈切克并没有朝他们这边看。

"你跟他说话呀！"鲍劳巴什催促道。

维斯壮起胆子，声音颤抖地唤了一声：

"嘿……奈迈切克……"

奈迈切克并没有听见，只是呼吸急促、目光僵直地盯着墙壁。

"奈迈切克！"维斯哽咽着重复了一遍。鲍劳巴什附在他的耳边小声提醒：

"你千万不要大哭！"

"我没有大哭！"维斯回答。同时他稍感欣慰，因为他说这话时居然没有哭出声。

于是他振作起精神继续说：

"尊敬的上尉！"他开始说话，并从口袋里掏出一份讲稿，"我们来到这里……我作为代表团团长……以腻子协会的名义……代表全体会员请求你的原谅……因为我们错了……我们要说的话……都写在这张……荣誉证书上了……"

维斯转过身去,两眼泛着晶莹的泪花。他很喜欢用这种成年人的正式语气与人讲话,就算谁用世界上的所有珍宝与他交换,他也不会放弃这一习惯。

"书记员,"他对站在身后的人说,"请把协会的记录簿给我。"

莱西克应声把本子掏出来递给他。维斯将记录簿翻到记录了协会向他道歉并用大写字母写下他名字的那一页,小心翼翼地放到奈迈切克的床边。

"你看这儿……"维斯怯生生地告诉病人,"你看这里。"

病人的眼睛却慢慢闭上了。男孩们等了一会儿。维斯忍不住又说了一句:

"你看一眼吧!"

奈迈切克没有回答。现在,所有人都紧张地围了过来。妇人颤巍巍地从男孩们中间挤进去,来到床前,弯腰看了一眼自己的儿子。

"天哪!"她用一种惊恐、失态的颤抖声音冲着丈夫大声喊道,"他停止呼吸了!"

男孩们都害怕地向后退去。他们站在房间的一个角落,紧紧地挤成一团。协会的记录簿掉到了地上,维斯刚才翻开的那一页向上打开着。

妇人绝望地叫道:

"他的手已经凉了!"

接下来是一阵令人窒息的沉默。裁缝始终一声不吭、一动不动地

227

坐在那里，用双臂抱住了整个脑袋，开始哭泣。他的哭声低沉，只隐约能听到，成年人通常都是这样哭泣。他的肩膀瑟瑟发抖。即使在这个时候，这位不幸的男人还是很在意切特耐基先生的那件咖啡色上衣，为了不让自己的眼泪落到上边，他让那件还未做好的衣服顺着膝头滑落到地上。

妇人搂住自己死去的儿子悲痛万分地亲吻，然后跪在他的床前，把脸埋在小枕头里开始失声痛哭。奈迈切克·埃尔诺，这位腻子协会的秘书长、帕尔街空场的新晋上尉，面色苍白、双眼紧闭、安静地躺在床上。现在可以肯定地说，对于以后发生的一切，他再也不可能看到，也不可能听到了，因为奈迈切克已经到了另一个世界。

"我们来晚了！"鲍劳巴什嘟囔着。

博卡站在屋子中央，耷拉着脑袋。就在几分钟前，他坐在男孩的床沿上，就忍不住想要大哭。然而此刻，让他感到吃惊的是，他的眼里并没有泪水，他已经痛苦得哭不出来了。他环顾四周，心里感觉空空荡荡的，没着没落。这时候，他注意到了缩在角落、不知所措的男孩们。站在前面的是维斯，他手里还拿着那张奈迈切克已经不可能看到的荣誉证书。

他走到伙伴们跟前，对他们低声说：

"大伙儿回家去吧！"

这些受到惊吓的可怜男孩为终于能够离开这里，离开这个气氛压抑的小房间而莫名其妙地松了口气。他们逝去的伙伴还躺在那张小床上。男孩们依次走出房间,来到厨房,又从厨房跨进阳光普照的庭院。莱西克是最后一个出来的,因为他故意这么做。等所有人都走出去后,他踮着脚走到床前,从地上轻轻捡起协会的记录簿。直起身的时候,他最后又看了一眼那张小床和静静躺在床上的金发小上尉。

随后,维斯也来到阳光明媚的院子里。一群快乐的小麻雀正在一株矮树的枝头叽叽喳喳地欢唱。男孩们站在院子里,若有所思地望着麻雀出神。他们一时还不能完全理解刚刚发生的事情。尽管他们知道自己的同伴死了,但并不十分清楚死亡意味着什么。他们用受惊的眼神望着彼此,相互求解,仿佛他们有生以来第一次看到了极难理解、非常怪异的东西。

黄昏时分,博卡从奈迈切克家里出来。回到家里,他本来应该复习功课,想来明天将是最难应付的一天。明天有对他来说最难学的拉丁语课。他已经有很长时间没在课堂上被提问了,他敢肯定,拉茨老师明天肯定会叫他回答问题。但是他根本没有心思复习。最后,他将课本和字典推到一旁,起身离开家。

他漫无目的地在街上游走。不知怎么,他仿佛被什么力量驱使着,始终围着帕尔街和周边的街道不停地转悠。只要他一想到,在今天这个令人悲伤的日子里应该再去看一下空场时,心里就会有说不出的难受。

无论他走到哪个街角,哪个路段,他都会想到奈迈切克。

在于律伊大街——

他们仨曾经一起在这里漫步,当时他们跟楚瑙柯什一起去植物园的小岛上侦察敌情。

在克孜泰莱克大街——

他想起有一天中午,他们放学后站在这条街的中央,奈迈切克神情严肃地向他讲述,就在之前的那天,帕斯托尔兄弟在历史博物馆的花园里如何抢走他所有的弹球。

在历史博物馆那一片——

他在那里转身往回走。他感觉自己越是想刻意避开空场,越是有一股蛀骨蚀髓的痛感将他朝空场方向牵引。后来,当他决心不再躲避,不再绕道,而是鼓足勇气去空场看一看,顿觉心里有说不出的轻松。他加快步伐,迫不及待地想要赶到那里。距离他们的帝国越来越近,他的心情反而愈发平静。当他走到玛利亚街,这种感觉更加明显,于是他开始小跑起来,想要尽快赶到那里。

天色逐渐变暗,他跑到帕尔街的拐角处,一眼就看到了灰色的围墙,他的心脏怦怦狂跳。他突然放慢脚步。现在,他已经没有必要那么匆忙,因为空场就在他眼前。他朝空场走去,看到院子的小门敞开着。扬诺正靠在门边的木围墙上抽烟斗。他一看见博卡,就立刻龇着牙跟他打招呼,并且得意地笑道:

"我们教训了他们一顿!"

博卡忧伤地回了一个勉强的微笑。扬诺非但没有察觉出什么异

样,反而兴致不减地继续说:

"我们教训了他们一顿!我们把他们扔了出去……赶了出去!"

"是的。"博卡平静地回答。

博卡站在扬诺跟前沉默了一会儿,然后心情沉重地问:

"扬诺,你知道出了什么事吗?"

"出了什么事?"

"奈迈切克死了。"

扬诺惊得瞪大了眼睛,把烟斗从嘴里拿了出来。

"哪个奈迈切克?"

"就是那个金发的小男孩。"

"噢……"扬诺一边说着,一边将烟斗放回嘴里,"太可怜了。"

博卡走进院门。闹市中的这片空旷土地再次展现在他的眼前,它见证了帕尔街男孩们多少快乐的时光。他漫步到空场的尽头,一直走到那道战壕边。壕沟里还能看到战斗过的痕迹。沙土上布满了纷乱的脚印——当男孩们从战壕里勇敢地跳出来冲锋时,壕沟边的一

些土堆被踩塌了。

一堆堆木垛耸立在暮色中。木垛顶上是他们的碉堡,碉堡外墙的缝隙里塞满了他们的火药——沙子。

博卡坐到一个小土堆上,用两只手托着下巴。空场上静得可怕。蒸汽锯车间的小铁烟囱已经变凉,它要等第二天清晨,扬诺用他那双勤劳的大手再次把炉膛里的火点燃。小木屋在已经发芽了的野葡萄藤中坠入梦乡。都市的喧嚣声从远处传来,博卡觉得一切恍如梦境。车在马路上隆隆地颠簸,人们的叫喊声此起彼伏。从附近一栋房子的窗户里飘出了一阵欢快的歌声,也许那扇亮灯的窗户后是某个人家的厨房。估计是女仆在唱歌。

博卡站起身来,绕开战壕朝小木屋走去。走到一个地方,他突然站住了,那里正是奈迈切克——就像传说中年轻的大卫战胜巨人歌利亚那样——勇敢地将高大的阿奇·费利扑倒在地的位置。他弯下腰,在地上寻找那些可爱的脚印,它们迟早会在沙土里消失,就像他亲密的小伙伴离开人间那样。但这里的土已经被踩得坑坑洼洼,他没能找到奈迈切克的脚印。假如那孩子的脚印还能留下,他肯定能辨认出来!他当然能辨认出奈迈切克的脚印,因为他的脚印是那么小,甚至比文道尔的还要小,就连红衫团的人在植物园城堡废墟里发现它们时,都感到十分惊讶。在那个令人难忘的日子里……

他一边叹息一边继续往前走,来到了3号碉堡,奈迈切克就是在这儿与阿奇·费利第一次见面的。当时,阿奇·费利居高临下地看着他,并且小声地威胁他:"你害怕吗,奈迈切克?"

博卡感到筋疲力尽。今天这一天,他从身体到内心都遭受了巨大的折磨与煎熬。他摇摇晃晃地向前走着,感觉就像喝了一瓶烈酒,费了很大力气才爬上2号碉堡。他蹲在碉堡顶上,至少在这里没有人能看到他,没有人会打搅他,他可以独自沉浸在甜蜜的回忆里,可以痛痛快快地放声大哭一场。当然,前提是他能够哭出来。

微风将窸窣的声响送到他的耳畔。从碉堡上望去,小木屋前出现了两个黑色的小人影。由于光线昏暗,他没能认出那两个人是谁,于是竖起耳朵,看看自己能否通过声音辨认出来。

两个男孩在低声交谈。

"嘿,鲍劳巴什!"其中一个人说,"现在我们站在这里,站在可怜的奈迈切克曾英勇地拯救我们帝国的地方。"

随后两个人沉默了一会儿,之后博卡又听到这样一句话:

"现在让我们真正、永远地和解吧,我们互相记恨没有任何意义。"

"好的。"鲍劳巴什动情地应道,"我愿与你和解,这也正是我们来到这里的目的。"

又是一阵长久的沉默。他俩面对面站在那里,都说不出话来,或者说,都在等着对方先开口和解。终于,科尔纳伊打破了寂静:

"哦,你好!"

鲍劳巴什感动地回应:

233

"哦，你好！"

两个男孩的手握到了一起。就这样，鲍劳巴什跟科尔纳伊紧握着手伫立了很久。之后，他们俩一句话都没有说，而是紧紧地拥抱在了一起。

居然会发生这样的事情，简直是奇迹！博卡从碉堡上远远望着他俩，禁不住感叹，但是他并没有暴露自己。他还是想静静地独处一会儿，另外，他觉得没有必要去打搅他们。

后来，两个男孩低声交谈着朝帕尔街方向走去。鲍劳巴什说："还有很多拉丁语作业明天要交！"

"是啊，没错。"科尔纳伊应和道。

"这对你来说很简单。"鲍劳巴什叹了口气说，"昨天你已经在课堂上回答了老师提出的问题。而我已经很久没有回答问题了，这两天肯定会轮到我……"

"你注意一下，第二章里从第10行起到第23行是不用学的。你在书里有没有做标记？"

"我没做。"

"你不想复习那些根本就不用复习的部分，对吧？那好，我现在就去你家，帮你在书里做上标记。"

"那太好了。"

瞧，他们的脑子里已经开始想着做作业了。他们忘得可真快呀！虽然奈迈切克死了，但拉茨老师还在，拉丁语课还要上，更重要的是：

他们还活着。

两个男孩渐渐走远,最后消失在夜色中。现在,空场上终于只剩下博卡一个人。但是独自待在碉堡里的他,始终无法让自己的心情平静下来。夜幕已经降临。从约瑟夫城区小教堂的方向传来了钟声。

他从碉堡上爬下来,站在小木屋门前。他看见扬诺从帕尔街方向的小门进来,朝小木屋走来。大黑狗海克托跟着他一边跑,一边摇着尾巴嗅来嗅去。他等着他们过来。

"是你?"扬诺感到有些意外,"还没有回家吗?"

"我马上就回。"博卡应道。

扬诺又咧开嘴笑了。

"在家里有热乎乎的晚饭等着你呢。"

"热乎乎的晚饭。"他机械地重复道。然而他心里想的是:此时此刻,在拉科什街,在可怜的裁缝家中,那对不幸的夫妇——裁缝和他的妻子——现在大概坐在厨房里开始吃晚餐。而在里屋,有好几根蜡烛正忧伤地燃烧。切特耐基先生的那件双排扣、咖啡色的漂亮上衣也在那里。

他无意朝小木屋里瞥了一眼。

博卡看到木板墙上靠着一些模样奇怪的工具。有一块圆形的、红白两色的铁皮牌子,看上去就像火车驶经扳道工小屋时,扳道工手里举的那种指示牌。还有带三条腿的支架,顶部可见黄铜的管子。另外还有漆成白色的木杆……

"这些是什么东西？"他好奇地问。

扬诺朝屋里看了一眼：

"工程师用的东西。"

"什么工程师？"

"建筑工程师。"

听了这话，博卡的心立即提到了嗓子眼儿。

"建筑工程师？他来这里干什么？"

扬诺抽了一口烟斗，说：

"快要开工了。"

"开工？在这里？"

"是啊。工人们下星期一就会来。他们要在空场上挖一个大坑……建地下室……打地基……"

"你说什么?!"博卡激动地喊起来，"他们要在这里盖房子？"

"对，盖房子。"扬诺心不在焉地回答，"盖一栋三层的大楼……是这块空地的主人要盖的。"

扬诺说完便走进了小屋。

博卡感到天旋地转。他的眼泪终于夺眶而出。他快步走开，随后撒开腿朝院门跑去。他要逃离这里，逃离这块背信弃义的土地。他们曾忠诚地保卫过它，为此英勇战斗。可是现在它却为了背负一栋高大的公寓楼，无情地抛弃了他们。

在空场门口，他最后回头望了一眼，就像一个人将要永远离开自己的家园一样。博卡想到这里就心如刀绞,但这巨大的痛苦中也掺杂了一丝,只是极少的一丝丝莫名的慰藉。虽然可怜的奈迈切克没能在死前看到腻子协会的会员们给他做的证书,但他至少不会亲眼看到自己为之付出生命的家园被人从手中夺走。

第二天,当全班人都一言不发地、在节日般庄重的寂静中坐在各自的座位上后,拉茨老师迈着沉重的步伐,缓慢而严肃地走上讲台。他站在那里,用低沉的语调缅怀了不幸病故的奈迈切克·埃尔诺,并要求全班同学于明天下午三点钟穿上黑色的——至少是深色的衣服到拉科什街集合。博卡·亚诺什神情严肃地盯着眼前的课椅,此刻,有一个问题第一次出现在他那颗朴素而纯真的少年的心中——生命到底是什么?我们所有人都为之拼命搏斗,却只是它时而忧伤、时而快乐的奴仆。

―― 译后记 ――

关于少年成长的一切

余泽民

《帕尔街少年》是世界青少年文学史上不朽的经典之一。自从1906年首次出版已过去百年，但时至今日，它仍是匈牙利学生的必读物。没有一个匈牙利孩子没读过它，也没有一个孩子不被它感动。今年夏天，就在我翻译这本小说时，我那在布达佩斯读五年级的女儿米拉正好也在读。那是疫情隔离期间老师派给他们的家庭作业，不仅要读，还要给每个章节写梗概。她读的版本跟我翻译时用的不一样，她读的书里每个段落都编有序号，留了写字空间，便于孩子们随时标记和提问题，也便于老师分析讲解。他们不仅读故事，还会寻找情节中铺垫、展开、呼应与关联的细节。对于十岁的孩子来说，不仅读了一本名著，还上了一堂文学课。

我们全家还一起在网上看同名电影，而且连看两遍。之后米拉逐一列出电影比小说少了哪些情节，某个形象跟书里描写的不太一样。她抱怨电影里丢了一个重要情景：夕阳下，瘦小的妇人搂着病重的儿子奈迈切克蹒跚回家，在母子俩身后，帕尔街男孩们排成两列纵队默默护送,头上都戴着式样统一、红绿两色的帽子,不在乎行人指指点点的讥笑和议论……米拉的认真劲打动了我,我知道,读这本小说让她感受到了生死别离的悲怆。七岁的弟弟莱昂也激动地加入讨论,生气地问我:为什么不能让金发的奈迈切克活下来?对孩子们而言,阅读《帕尔街少年》是一段加速了的情感成长,他们变得更有观察力、理解力和同理心。

《帕尔街少年》的故事发生在1889年早春三月的布达佩斯,那时的匈牙利还是一个王国,处于历史上的奥匈帝国时期。以帕尔街上的一片空场为阵地的一群男孩,跟扎营在植物园小岛上的红衫团少年展开了一场激烈的较量,后者想要攻占空场当足球场,前者发誓要保卫自己的"家园"。

这样的故事,对我这个在老北京长大的"胡同串子"来说再熟悉不过了,我们小时候也会成帮结伙地争夺阵地,一个煤堆、一片砖垛、一段死胡同,或大杂院里的某个角落,为了能有一块自己的空场玩打仗,逮人,拽包,拍三角,推铁圈,弹玻璃球……对了,《帕尔街少年》里的主人公奈迈切克和两个小伙伴就是在玩弹球时遭到红衫团大孩子的欺负,从而激发了帕尔街男孩们的战斗欲望。

小说生动塑造了小英雄奈迈切克、聪明沉稳的"孩子王"博卡、总喜欢争执的鲍劳巴什、会吹很响的口哨儿的楚瑙柯什、嫉妒心作祟的盖列伯、精致优雅的齐莱、蛮横可怕的帕斯托尔兄弟,还有既作风强悍、又讲规则的红衫团首领阿奇·费利……每一个角色都个性鲜明。

他们一同演绎了一场团结友爱、同仇敌忾、斗智斗勇、一波三折、惊心动魄的空场保卫战，在发生冲突、积极备战和激烈战斗的整个过程中，几乎涉及那个年龄段孩子常会经历到的一切——课上与课下，校内与校外，秩序与反叛，怯懦与勇敢，个体与集体，自私与无私，向心与离心，激情与理智，快乐与忧伤，友谊与背叛，自卑与自信，胜利与挫折，甚至生命与死亡。男孩们既天真烂漫，又渴望长大，他们在懵懂、游戏和模拟之中，已然无措且无奈地撞见真实生活的残酷。这本书讲述了很多很多，既虚构又真实，既有趣又深刻，那是关于少年成长的一切。

《帕尔街少年》的作者莫尔纳·费伦茨是20世纪最著名的匈牙利小说家、剧作家、记者。1878年，莫尔纳出生在一个德裔-犹太裔中产家庭，父亲是一位外科医生，母亲体弱多病，很早过世。作家的童年和少年时代是在布达佩斯度过的，年轻时先后在日内瓦和布达佩斯求学，攻读法律专业，那时他就开始在多家报刊上发表文章，还当过记者。1901年，他先后有两部小说出版——《饥饿城》和《一条没有主人的船》，并获得关注，那年他只有二十三岁；1902年，他的第一部剧作《医生先生》在喜剧院公演，大获成功；1906年他创作了不朽之作《帕尔街少年》。真正让莫尔纳生前获得世界声誉的是他的戏剧。他于1907年创作的话剧《魔鬼》，很快在奥地利、德国、意大利、美国等国家公演，之后他创作了二十多部戏剧，成为世界上最受欢迎的戏剧家之一。20世纪20年代和30年代，他每年的收入高达百万美金。作家五十岁生日那年,同行为他在纽约百老汇举行了盛大的庆祝活动,时任美国总统柯立芝在白宫接见了他。莫尔纳的戏剧不仅红遍西方,还有两部戏传到了遥远的上海滩。1930年,《城堡里的游戏》在夏令配克影戏院首演,1940年,《百合花》在兰心剧院首演,导演是当时定居上海的匈牙利艺术商、慈善家和戏剧迷哥梅林·戈特弗里德·费伦茨。

1939年二战爆发,由于有犹太血统,莫尔纳受到纳粹迫害的威胁。于是,他先后逃亡法国、瑞士,最后去了美国,即使在严重抑郁的情况下,还是写了好几部戏剧和电影剧本。1952年4月1日,七十四岁的作家在纽约病逝。

1969年,匈牙利与美国联合拍摄了彩色故事片《帕尔街少年》,同年获得奥斯卡最佳外语片提名,风靡世界,再次掀起一场"莫尔纳热"。《帕尔街少年》先后被翻译成几十种文字,不仅拍成电影,还无数次被改编成话剧、舞剧、木偶剧、广播剧等,他有约十部小说和戏剧先后被搬上银幕,流传甚广。匈牙利还有一个知名的"帕尔街少年"摇滚乐队,20世纪90年代我就看过他们的演出,那时队员们还都风华正茂,如今主唱已届中年。然而音乐不老,歌唱的还是少年的迷茫与反叛,而且乐队经过一次次重组,总有新的少年加入。

莫尔纳·费伦茨在1922年撰写的一篇回忆文章中说,《帕尔街少年》是他的"最贴心之作",因为小说中的人物都是他童年时代的玩伴,他在书里描写的学校、公寓楼、街道、广场、博物馆花园都是他非常熟悉的地方,包括两拨少年争夺的空场,距离作者小时候居住的地方不到百米。后来有人考证,那里确实有过一个蒸汽锯木料加工厂。红衫团聚会的植物园至今仍在接待游客,奈迈切克和博卡藏在那里躲避红衫团"搜捕"的玻璃房子里仍碧绿葱茏,只是园中的湖心小岛早被填平,建起了一座自然科学博物馆。据作者生前讲述,小英雄奈迈切克的家在拉科什街3号,现在那里是一座教堂,大门口的墙上挂着一块纪念牌,上面写着:为维护人类尊严与荣誉树立了榜样的奈迈切克在小说中的居住地。而帕尔街少年的首领博卡·亚诺什,就住在不远的基尼日街。

由于这部小说实在太有名了,以至于作家去世后,有人出来"认领"书中的人物,说自己是奈迈切克的原型,引发了媒体的热议,甚至还为此打过一场官司。法庭上,莫尔纳·费伦茨曾经的玩伴、邻居证实,奈迈切克的原型死于1918年横扫欧洲的西班牙大流感。而我,在新冠疫情的肆虐期翻译这本小说,有种特别的哀伤。

如今,一百多年过去了,《帕尔街少年》仍是"神作"般的存在。一代代少年阅读这本书,看由它改编的电影或戏剧,还可以去后人仿建的"空场"上玩耍,打仗。游客们不仅可以沿着书里提到的现场"一日游",还能在八区普拉特街11号的门前跟一组街头雕塑合影:奈迈切克和两个小伙伴正蹲在墙角玩弹球,帕斯托尔兄弟一副威胁的架势站在他们身后……帕尔街男孩们的故事永远不会过时,因为无论人类跨入什么样的时代,总要经历相似的身心成长。

假如你有机会来匈牙利,来布达佩斯,一定要去会会这帮帕尔街少年；如果你能赶上音乐节，一定要找找有没有"帕尔街少年"乐队的演出。我喜欢他们的一首歌，歌中唱道：

"我们太随便地上路，这是真正的路……穿过城市，穿过记忆……梦一旦来临，百年也只是一瞬间……"